AF452783

'ABBÉ A.-J. LAFARGUE

# LES MACHABÉES

## POÈME

*Honoré de la haute approbation de Sa Grandeur*

*Monseigneur DE LA BOUILLERIE, Archevêque de Perga,*

*Coadjuteur de Bordeaux.*

Moriamur in virtute propter fratres
nostros.          (I Mach., IX, 10.)

<table>
<tr><td>PARIS</td><td>BORDEAUX</td></tr>
<tr><td>VICTOR LECOFFRE, ÉDITEUR</td><td>FERET ET FILS, ÉDITEURS</td></tr>
<tr><td>90, rue Bonaparte,</td><td>15, cours de l'Intendance.</td></tr>
</table>

1880

# LES MACHABÉES

L'Abbé A.-J. LAFARGUE

# LES

# MACHABÉES

## POÈME

*Honoré de la haute approbation de Sa Grandeur*

*Monseigneur DE LA BOUILLERIE, Archevêque de Perga,*

*Coadjuteur de Bordeaux.*

Moriamur in virtute propter fratres nostros.　(I Mach., IX, 10.)

| PARIS | BORDEAUX |
|---|---|
| J. LECOFFRE, ÉDITEUR | FERET ET FILS, ÉDITEURS |
| 29, rue du Vieux-Colombier. | 15, cours de l'Intendance. |

1880

# LETTRE

DE

## Sa Grandeur Monseigneur DE LA BOUILLERIE

———

*Bordeaux, le 6 Novembre 1879.*

*..... Ce poème contient de très beaux vers et que j'ai lus avec bonheur.*

*Les livres des Machabées sont assurément la lecture la plus appropriée aux jours où nous sommes.*

*Même impiété de la part des méchants, même courage et même confiance de la part des bons. Le sujet est donc très bien choisi :* vos vaillants et vos martyrs *doivent être nos modèles...*

*Je serai bien heureux de vous renouveler de vive voix les compliments que je vous adresse aujourd'hui et auxquels j'ajoute la nouvelle assurance de mes bien affectueux sentiments en* N. S.

† *FRANÇOIS,*

Archevêque de Perga, Coadjuteur de Bordeaux.

L'heure est sombre. L'angoisse oppresse les cœurs. Les puissances des ténèbres refusent le droit de cité à la *Lumière du monde*...

Quelles que soient les audaces du mal, la lyre chrétienne chante à l'espérance...

Lisez les premiers chapitres des deux livres des Machabées.

L'étranger avait envahi la terre de Juda ; et, pour plaire à leurs oppresseurs, les Juifs dégénérés foulaient aux pieds ce qu'il y a de plus saint : les lois, les mœurs, la religion des ancêtres.

C'était le temps où régnait, despote méprisable, cet Antiochus qui se donna le nom d'*Épiphane* (Dieu présent), mais que les hommes ont appelé *Épimane* (le fou) (1), et l'Esprit Saint, *Radix peccatrix* ( racine de péché ) (2) ; temps où l'on décrétait l'instruction hellénique et la débauche obligatoire, *Gymnasium et Ephebiam* (3) ; et où, finalement, l'on dressait sur l'autel du vrai Dieu la statue même du tyran, sous le pseudonyme de Jupiter Olympien (4).

Plus tout paraissait perdu, plus le salut était proche ; et rassasié de servitude, un peuple entier se leva avec enthousiasme, quand le vieux Mathathias jeta aux échos de la Judée son cri patriotique :

(1) Rollin, *Hist. anc.*, l. XIX, II, 2.
(2) I Mach., I, 11.
(3) II Mach., IV, 9, avec les commentaires.
(4) Note I.

*« Omnis qui zelum habet legis, statuens testamen-*
*» tum, exeat post me (1). »*

« Suivez-moi : Dieu le veut ! c'est trop longtemps souffrir !
» Et sachons délivrer la patrie... ou mourir (2) ! »

(1) I Mach., II, 27.
(2) Derniers vers des *Machabées*.

# PERSONNAGES

---

MATHATHIAS.
ONIAS, fils du grand-prêtre Onias III.
AZAEL, fils de Salomé nourrice d'Onias.
ANTIOCHUS, roi de Syrie.
BACCHIS, Juif apostat,
GORGIAS, d'origine grecque, } officiers des troupes d'Antiochus.
NACHOR, Syrien,
JUDAS,
SIMON, } fils de Mathathias.
Les trois autres fils de Mathathias.
Guerriers juifs. Soldats syriens.

---

La scène est dans la Judée, au temps des persécutions
d'Antiochus Épimane contre les Juifs.
L'an du Monde 3837.

# LES MACHABÉES [1]

## ACTE PREMIER

Un site sur le bord du Jourdain. L'aurore se lève.

---

## SCÈNE I

AZAEL (2), ONIAS.

AZAEL.

Onias!

ONIAS.

Azaël!

AZAEL.

Vous! c'est vous que je vois?
L'aube à peine rougit l'Orient; et la voix

(1) Note A.
(2) Note B.

Des oiseaux s'éveillant dans les nids, dans les haies,
Se mêle au bruit de l'onde en chœurs de notes gaies.
Comme il fait bon prier sur le bord du Jourdain !
Devant Dieu, c'est à vous que je pensais... Soudain
Votre pas retentit. Dans notre humble chaumière
Vous vouliez nous surprendre, Onias.

ONIAS.

O mon frère !...

AZAEL.

Quoi ! vous donnez un nom plus doux que ce ciel pur,
Vous, le fils du grand-prêtre, au fils d'un pâtre obscur ?
Vous m'appeliez ainsi dans notre tendre enfance.

ONIAS.

Mon Azaël !...

AZAEL.

Mon frère a connu la souffrance.
Vous pleurez !...

ONIAS.

O désastre effroyable! ô Sion!
Montagnes de Judée! ô désolation!
La Tiare est vendue au plus offrant (1). Le glaive
Frappe les saints. Le meurtre audacieux s'élève.
Le grand-prêtre, mon père est mort assassiné ;
Et c'est au nom du roi que le coup fut donné!...
Et moi, j'ai pris la fuite ; et, dans ma course errante,
J'atteins, après trois jours, la rive murmurante
Du fleuve qui berça ma première saison.
C'est ici qu'oubliant mon antique maison,
Je menais avec toi paître vos blanches chèvres.
Et nos deux cœurs battaient à l'unisson. Nos lèvres
Avaient sucé le lait vaillant du même sein.
En ces temps-là, le peuple était fidèle et sain.
La gloire d'Israël ne s'était pas ternie ;
Juda n'adorait pas l'infâme tyrannie ;
Et le fils d'un grand-prêtre, aux bords lointains du Nil,
N'allait pas se cacher dans un profond exil....
Mais viens. Je veux revoir ta mère. Sainte femme!
Elle a nourri mon corps, elle a nourri mon âme.
Ses leçons et son lait m'ont fait ce que je suis.
Peut-être en l'embrassant j'oublierai mes ennuis,

(1) Notes C et D.

Quelques heures. Ce soir, je reprendrai ma route,
Le bâton à la main, vers l'Egypte.


AZAEL.


                  Je doute
Si je veille. Mon peuple éteint donc le flambeau
De la foi des aïeux et se couche au tombeau?...
Le vainqueur d'Israël dans le sang du grand-prêtre
Se plonge ; et pas un Juif n'a protesté peut-être !...
Et le fils d'Onias, proscrit, ne trouve pas
Un ami généreux qui s'attache à ses pas.
  On riait, sous nos toits rustiques, du prophète
Qui montrait le point noir, présage de tempête ;
Et quand Mathathias vantait de nos aïeux
Les viriles vertus et plaçait sous les yeux
Le tableau de nos mœurs futiles, nos usages
Honnis, les cœurs plus mous encor que les visages,
Antiochus partout acclamé comme un dieu,
Et les vils complaisants jusque dans le saint lieu ;
Quand il traçait, en traits brûlants, l'hypocrisie
Du farouche tyran de la tremblante Asie,
Voulant envahir tout, sans bruit, même le Ciel,
Et rayant de la Loi le dogme essentiel ;
Quand libre, lui du moins, sur quelque mont sauvage,
Il flétrissait le peuple avide d'esclavage ;

Quand sa prière ardente appelait un sauveur,
On le traitait tout haut d'importun, de rêveur...
Et certe il avait tort, par ses discours moroses,
De vouloir s'opposer à la marche des choses!...
Mais la mort d'Onias lui donne bien raison.

ONIAS.

Puisse entendre Juda cette rude leçon!

AZAEL.

Pourquoi Dieu paraît-il sommeiller? Son tonnerre
Est-il éteint? Son bras faible et trop débonnaire
N'ose-t-il plus s'étendre et secourir ses saints?
Il sut d'Héliodore arrêter les desseins (1).
Onias, ce jour-là, les reins ceints d'un cilice,
Le front couvert de cendre, épuisait le calice.
Les prêtres gémissants gisaient devant l'autel;
Les vierges étendaient leurs mains vers l'Éternel;
Les femmes, aux cheveux épars mouillés de larmes,
Poussant des cris, couraient dans la rue.
                              Un bruit d'armes
Retentit tout à coup; et, plus prompt que l'éclair,

(1) Note E.

2

Un cavalier, monté sur un coursier de l'air
Et vêtu d'or, heurta de front le misérable
Qui pillait, au mépris du temple vénérable,
L'argent mis en dépôt dans le trésor sacré.
Deux anges, émergeant d'un nuage empourpré,
Sombres, foulant aux pieds le pâle Héliodore,
Lui cinglaient tour à tour les flancs d'un fouet sonore.
    C'était — ce souvenir est gravé là — le jour
Que quittant de nos bois le paisible séjour,
Plein d'espoir comme on l'est au matin de la vie,
Près d'un père, l'orgueil de la cité ravie,
Vous alliez commencer l'étude de la Loi
Et remplir à l'autel un doux et saint emploi.
Nous vîmes de Sion l'allégresse. La foule,
Comme un fleuve aux cent bras, agité par la houle,
Nous porta dans le temple. On s'embrassait joyeux.
Les trompettes sonnaient. Onias radieux,
Bénissant Jéhovah d'une telle victoire,
Pour le coupable offrait l'hostie expiatoire.


ONIAS, apercevant Mathathias.


Mathathias!

## SCÈNE II

### MATHATHIAS. — ONIAS, AZAEL.

#### MATHATHIAS, à Onias.

Mon fils, après vous je courais.
Vos cruels ennemis vous ont suivi de près.
Bacchis, traître à son Dieu, Bacchis, que votre père
Prit pauvre et réchauffa sans sentir la vipère,
Retourne contre vous son dard envenimé
Et vous déteste autant que vous l'avez aimé;
Et des incirconcis guidant l'aveugle rage,
Sur nos champs consternés il amène l'orage.
Il cerne la maison de Salomé (1), certain,
Dit-il, qu'elle a reçu le proscrit, ce matin.
Près de votre nourrice il cherche en vain sa proie.
Profitez du répit que le Ciel vous octroie.
Avant la nuit, je puis, loin des bords du Jourdain,
Vous mettre en sûreté dans les murs de Modin.
Là, nous verrons finir l'ère de nos désastres;
Quand Dieu, qui sait le prix de l'insecte et des astres,

(1) Note B.

Brisant l'orgueil brutal du sombre Antiochus,
Pèsera dans sa main les larmes des vaincus.


ONIAS.


Si, comme l'Aquilon chasse un flot de poussière,
Un bras disperse, un jour, par delà la frontière,
Les fiers envahisseurs d'un malheureux pays,
C'est vous, Mathathias, ou l'un de vos cinq fils,
Que le Ciel emploiera pour cette œuvre éclatante.
Et moi, dans les roseaux du Nil roulant ma tente,
J'applaudirai de loin à vos vaillants efforts.
Je laisse ici mon cœur aussi bien que mes morts!
J'ai trop souffert, hélas! sur ma terre asservie,
Pour y traîner encor mes pleurs avec ma vie.
Vers l'Egypte m'attire un invincible attrait,
Au culte des faux dieux Onias la soustrait.
La Ville du Soleil élève, la première,
Un autel à celui qui créa la lumière (1);
Et les temps sont venus peut-être qu'en tout lieu
Une oblation pure est offerte au vrai Dieu (2).
Votre amitié m'assure en vain une retraite.
Que ferais-je avec vous qu'exposer votre tête?


(1) Note F.
(2) Malachie, I, 11.

Proscrit, je dois fuir seul sous des cieux étrangers.
Dieu guidera mes pas au milieu des dangers.
Que son Ange sur vous veille en ces jours d'alarmes.
Avez-vous, dans la nuit, entendu ces chocs d'armes?
De la terre sortaient de lamentables voix ;
Dans l'air serein la foudre a résonné trois fois.

MATHATHIAS.

J'ai vu, pâle d'horreur, de terribles présages (1) :
D'étranges cavaliers lançant de leurs visages,
Sous les casques d'airain, de sinistres éclairs,
Le javelot au poing, se heurtaient dans les airs;
Et, les cuirasses d'or étincelant frappées,
Il pleuvait un sang noir et des tronçons d'épées.
    Voici venir les jours amers comme un remord (2).
Jours de trouble, de deuil, de misère et de mort !
Sur la vaste cité, sur le moindre village,
Le son de la trompette appelle le carnage.
Les hommes ont péché. Le sang de toutes parts
Coule et les champs sont noirs de cadavres épars.
    Fils du grand Onias, par le droit de naissance,
Du Pontife vous seul possédez la puissance.

(1) Note G.
(2) Sophonie, I, 14 à 17.

Autour de vous se vont grouper les vrais Hébreux,
Fidèles et vaillants, s'ils ne sont pas nombreux.
Restez pour réchauffer le zèle qui fermente.
Unis, nous tiendrons tête aux coups de la tourmente.
Suivez-moi. Je réponds de vous. J'entends mes fils.
C'est l'heure.


## SCÈNE III.


MATHATHIAS, ONIAS, AZAEL, JUDAS ET SES FRÈRES.


MATHATHIAS.

Eh bien, Judas ?...


JUDAS.

Les troupes de Bacchis
Nous ferment les chemins des deux côtés du fleuve.


MATHATHIAS.

Grand Dieu ! puis-je accepter une pareille épreuve ?
N'aurais-je plus l'espoir de sauver cet enfant ?

JUDAS.

L'infidèle a souillé de son pied triomphant
Le seuil de Salomé. Cette veuve modèle
Vient d'être garrottée et ses fils avec elle...

MATHATHIAS.

Saints martyrs !

AZAEL.

O ma mère !

ONIAS.

Ils ont payé pour moi !

JUDAS.

Eléazar comme eux mérita de la Loi.
Il est mort sans pâlir, bravant l'idolâtrie.

MATHATHIAS.

O l'honneur des vieillards ! gloire de la patrie !

ONIAS.

Ton peuple, ô Jéhovah, sous le joug étranger,
Jusques à quand veux-tu qu'il se laisse égorger?


JUDAS.

La persécution s'irrite et s'accentue.
Nos biens que l'on nous prend, nos prêtres que l'on tue
N'étaient que le prélude et l'essai des horreurs
Qu'Antiochus médite en ses noires fureurs.
Il a livré nos bourgs et nos moissons aux flammes.
Il a cru qu'il pouvait ravir à Dieu les âmes.
Et s'il cherche à vous perdre, ô prêtre de Sion,
C'est pour ôter sa base à la religion.
Mais il faut entraîner la foule aux nouveaux temples ;
Il la faut subjuger par d'éclatants exemples.
Que Salomé, si chère à nos champs éplorés,
Et ses fils, des vieillards mêmes considérés,
Abandonnent les mœurs, la foi de leurs ancêtres,
C'est fait de nous. L'orgueil effréné de nos maîtres
Monte à son comble, et rien n'ose plus résister.
Mais Dieu, le Dieu des forts, saura nous assister ;
Et pour servir d'exemple aux nations futures,
Pas plus qu'Éléazar, au milieu des tortures,
Salomé ni ses fils ne renieront la Loi.

AZAEL.

Heureux qui sait mourir pour conserver sa foi!

MATHATHIAS.

Vous aussi, soyez prêts, soutiens de ma vieillesse,
Enfants, à voir la mort en face sans faiblesse.
Dieu seul peut nous sauver du glaive des méchants.
Les fils de Bélial ont envahi nos champs.
L'espérance de fuir nous est, hélas! ravie.

JUDAS.

Pourquoi du moins ne pas vendre cher notre vie,
A travers les gentils nous frayer un chemin,
Ou tomber noblement, les armes à la main?
Mourir en combattant, c'est encore un martyre.

MATHATHIAS.

Ils sont trop lourds les maux que la révolte attire.
Acceptons notre sort cruel, avec douceur.
Que Jéhovah se lève et juge l'oppresseur!...

AZAEL, à Judas.

Pour nous montrer le prix de la palme immortelle,
Dites-nous le dernier combat, la fin si belle

D'Éléazar. Peut-être il nous faudra périr
Comme lui ; comme lui, Judas, sachons mourir.


JUDAS.


J'ai vu ce grand vieillard qu'on traînait au supplice (1).
Calme et doux, il portait un front pur que ne plisse
Nulle ride, au-dessus de ses geoliers tremblants.
La foule autour de lui plaignait ses cheveux blancs.
Feignant sur tous ses traits une pitié perfide,
Bacchis, du sang d'un prêtre en somme moins avide
Que de sa chute, prend à part le saint martyr
Et pour sauver ses jours le presse de mentir :
« Il peut bien simuler un peu d'apostasie
» Et de bouche honorer les faux dieux de l'Asie,
» Tout en rendant de cœur un culte au seul vrai Dieu. »
Eléazar sourit ; et montrant le ciel bleu :
« Celui qui nous réserve un si bel héritage,
» Dit-il, pas plus que lui ne veut qu'on se partage.
» Et combien d'ans encor daigne-t-on me laisser ?
» Dans mes veines un sang jeune va-t-il passer ?
» Quand je touche à la tombe il est beau que j'envie
» De payer de ma gloire un vain reste de vie.
» Je ne donnerai pas à nos adolescents


(1) Note H.

» Un exemple fatal. J'ai quatre-vingt-dix ans.
» Comme mon cœur ma bouche est à Dieu. »

D'un pas ferme

Il marche à la mort, tel qu'un voyageur au terme
De sa course. Bacchis frémit; et se dressant
Pâle, il le fait frapper de verges jusqu'au sang.
Et le martyr : « Seigneur, disait-il, mon corps ploie
» Sous les coups, mais mon âme est au sein de la joie. »
On le couche à la fin sur des charbons ardents;
Et c'est ainsi qu'il meurt. Bacchis, grinçant des dents,
Livide, au fond des cœurs sent gronder les colères.

à Azaël

Il fuit, menant au roi votre mère et vos frères;
Mais ses cruels soldats qu'il confie à Nachor
Ont juré de saisir Onias vif ou mort.

AZAEL.

Nachor? N'est-ce pas lui que je vois apparaître?

MATHATHIAS, à ses fils.

Fils de Mathathias, sauvez votre grand-prêtre.

Mouvement. Mathathias, ses fils et<br>
Azaël se rangent d'un côté de la scène<br>
et cherchent à dissimuler Onias. Nachor<br>
et ses soldats entrent de l'autre côté.

## SCÈNE IV

MATHATHIAS, AZAEL, ONIAS, JUDAS ET SES FRÈRES.
NACHOR, SOLDATS SYRIENS.


NACHOR.

Celui que l'on appelle Onias est ici.
Au nom du roi je viens l'arrêter.


AZAEL, s'avançant.


Me voici !

Nachor fait un signe. Deux soldats po-
sent les mains sur Azaël. Étonnement
de Mathathias et de ses fils.


FIN DU PREMIER ACTE.

# ACTE II

Une cour intérieure du palais d'Antiochus, à Jérusalem. Sous les portiques,
vers le milieu de la scène, deux petits autels, supportant, l'un la statue de
Jupiter, l'autre celle de Bacchus. Entre les deux autels, un peu en arrière,
le trône du roi, élevé sur trois degrés (1).
Il fait nuit pendant la première scène. De la deuxième scène à la fin de l'acte,
gardes dans le fond du théâtre, derrière les autels.

## SCÈNE I

ANTIOCHUS.

Sommeil, fils de l'Érèbe et père de la Mort,
Qui suspends la douleur et calmes le remord,
Je t'invoque, ô Sommeil, durant mes nuits entières ;
Et Morphée un instant n'assoupit mes paupières
Que pour m'offrir un spectre horrible et menaçant.
Je m'éveille, baigné d'une sueur de sang.
Et seul, cherchant la paix, sous les sacrés portiques,
J'erre dans l'ombre autour de ces autels antiques.

(1) Note I.

Où sont les doux instants qu'autrefois je coulais ?
Bacchus et Jupiter, soutiens de ce palais,
Vous ai-je refusé de belles hécatombes ?
Ou me punissez-vous d'avoir peuplé les tombes
Des sectateurs d'un Dieu qui vous chassait du Ciel,
Et vous poseriez-vous en vengeurs d'Israël ?

Jadis les morts, couchés sous l'herbe épaisse et haute,
N'en sortaient pas pour suivre un vivant côte à côte.
Le funèbre linceul les avait bien liés.
Comme leur fosse inculte ils restaient oubliés...

On vient, asseyons-nous : et vous, sanglants fantômes,
Rentrez avec la nuit dans les sombres royaumes (1).

Il s'assied sur son trône.

## SCÈNE II

ANTIOCHUS, GORGIAS, GARDES DANS LE FOND.

GORGIAS.

Roi, vivez à jamais ! Vos derniers ennemis
Acceptent vos arrêts divins et sont soumis.

(1) Note J.

Le supplice du prêtre Eléazar atterre
Les princes de Juda. Seule encor, sur la terre,
Une femme résiste à vos ordres pieux,
Et ses fils avec elle insultent à vos dieux.
Bacchis vous les amène. A l'aspect de leur maître,
Ils vont à vos genoux tomber et se soumettre.

ANTIOCHUS.

Que Jupiter dépose en eux un bon conseil.
J'ai bien assez de morts qui troublent mon sommeil !

GORGIAS.

Nachor a pris le fils de ce prêtre farouche
A qui le glaive seul a pu fermer la bouche.
Il a le même nom que son père — Onias.

ANTIOCHUS.

Epargnez-le du moins : entends-tu, Gorgias ?
Ta tête, entends-tu bien ? me répond de sa tête.
Vous n'avez pas pitié de ma vie inquiète.
Tout ce sang répandu pour ma gloire, à grand bruit,
En affreuse rosée il pleut sur moi, la nuit.
Des membres palpitants m'oppressent sur ma couche.

Onias de sa main glaciale me touche ;
Il me montre un poignard enfoncé dans son sein ;
Il me dit que c'est moi qui fus son assassin.
Veux-tu que de son fils l'ombre aussi me tourmente ?

GORGIAS.

Je veux ceci : la mort de quiconque fomente,
Sous le manteau sacré de la religion,
La discorde civile et la rébellion.
Un Onias pour moi sera toujours un traître.
Il porte en lui le sang et l'orgueil d'un grand-prêtre.
Il doit à son honneur, il doit à ses autels
De rester l'ennemi de nos dieux immortels.
Au nom d'un droit divin il opprime les âmes ;
Et nos lois à ses yeux sont nulles, sont infâmes.
De tuer un tel homme Andronique eut raison ;
Et vos remords, ô roi, ne sont pas de saison.

ANTIOCHUS.

Tu parles en soldat, Gorgias ; je t'excuse.
Mais ne crois pas, enfant des Grecs, que je m'abuse,
Quand je prétends sentir les froids embrassements
De tant de Juifs broyés dans d'horribles tourments.
Ta riante patrie a bien ses Euménides

Qui quittent les enfers et sur les parricides
Font siffler leurs serpents, agitent leurs flambeaux.
Ici ce sont les morts qui sortent des tombeaux.
   Tu sais, dans le faubourg d'Antioche, un bois sombre
Où l'olivier divin abrite de son ombre
Le mortel que poursuit le destin envieux.
Cet asile est chéri des hommes et des dieux.
Onias, dépouillé du sacré diadème (1),
Vivait là, n'étant plus qu'un débris de lui-même.
J'avais vendu l'emploi de Pontife à Jason,
Puis à Ménélaüs (2); et j'eusse avec raison
Pu le mettre à l'encan, le donner à tout homme
Qui m'en aurait offert une plus grosse somme ;
Tant ces Juifs, autrefois si fiers, sont tombés bas!
De leur dignité même ils ne font plus de cas.
Ils souffrent froidement qu'autour d'eux on insulte
L'honneur national, les aïeux, le vieux culte.
Leurs vieillards même ont vu, sans indignation,
Flotter mes étendards sur les tours de Sion.
Quels que soient nos excès, pas un d'eux ne réclame.
L'Arabe du désert a plus de grandeur d'âme.
Il ne nous a pas fait un gracieux accueil.
Il n'a pas embrassé le joug avec orgueil.

(1) Note C.
(2) Note D.

Mais ces Juifs, fils déchus de glorieux ancêtres,
C'est de ma main qu'ils ont accepté des grands-prêtres ;
Et vils de plus en plus, demain, si je le veux,
Ils m'offriront, à moi, leur encens et leurs vœux.
　　Mais dans ce milieu vil, morbide et délétère,
Onias conserva son noble caractère ;
Et quoiqu'il ne fût plus qu'un prêtre sans autel,
Se regardant toujours chargé par l'Éternel,
Par son Dieu, de veiller sur la Loi, sur le temple,
Et de prêcher de bouche aussi bien que d'exemple,
Sans craindre les fureurs qu'il allait amasser,
Il éleva la voix et m'osa dénoncer
Ménélaüs l'intrus, le traître, le rapace,
Qui, pour payer le prix énorme de sa place,
Dévastant du lieu saint le précieux trésor,
A des marchands de Tyr vendait les coupes d'or (1).
Et ce prêtre loyal, ce sublime génie (2),
Qui, sans tremper la main dans nulle ignominie,
Tout en restant campé fièrement sur ses droits,
M'eût été dévoué comme au meilleur des rois,
C'est lui que j'ai privé d'un titre héréditaire ;
C'est lui — jusqu'aux enfers en a frémi la terre ! —
Qu'un impie égorgea dans le bois de Daphné,

(1) II Mach., IV, 32, 33.
(2) Note K.

Souillant du dieu de l'arc le temple consterné.
Apollon, pour venger son seuil d'un meurtre inique,
A visé par-dessus la tête d'Andronique.
Il a vidé sur moi son carquois. Le sommeil
Fuit mes yeux; et j'ai peur des regards du Soleil.
  O jours de trouble! ô nuits d'épouvante! ô supplice!
Dieux! Que mon cœur toujours tremble et mon front pâlisse?
Non! Bois sacré, Phœbus, temple, prêtre outragés!
Je jure par le Styx que vous serez vengés.
  Qu'Andronique, hué par la plèbe servile,
Pieds nus, la corde au cou, soit traîné par la ville,
Et qu'aux branches d'un arbre on suspende son corps
Privé des saints honneurs que réclament les morts (1).
Envoyez-moi le fils d'Onias.

(Gorgias sort.)

## SCÈNE III

ANTIOCHUS.

La lumière,

De son divin rayon, a touché ma paupière.
Je vois avec horreur tous mes crimes passés.

(1) II Mach., IV, 38. — Note D.

J'ai trop fait le despote et le roi pas assez.
Roi, je tenais du Ciel l'autorité suprême.
J'étais le roi pour être aimé comme Dieu même :
Heureux de consacrer tout mon temps, tous mes soins,
A rendre bon mon peuple en comblant ses besoins.
Despote, j'ai voulu prévaloir sans entraves
Et ranger sous mon sceptre un vil troupeau d'esclaves.
J'ai réussi. La terre a plié sous ma loi ;
Et les dieux sont restés un peu moins grands que moi.
Mais quel sang répandu pour asseoir ma puissance
Sur la plus dégoûtante et lâche obéissance !
Et quels rebuts du monde il m'a fallu placer
Près de mon trône, afin de les récompenser !
Jason, Ménélaüs, Bacchis, d'autres encore
Chez qui le vil métal est tout ce qu'on adore.
Je laissais les mortels vertueux à l'écart ;
Je les fuyais, n'osant soutenir leur regard.
Je cède au bon désir qu'un Dieu clément m'inspire.
Je vais sur la justice appuyer mon empire.
Que Jupiter chez moi, Jéhovah dans Sion
Règlent les points divers de la religion ;
Pour moi, mon seul souci doit être, sur la terre,
D'assurer à mon peuple une paix salutaire.

## SCÈNE IV

### ANTIOCHUS, AZAEL.


ANTIOCHUS.

Approche ; ne crains rien, enfant : je suis le roi.
Je connais tes malheurs. Je m'intéresse à toi.
Ton père est mort, percé par une main barbare.
Je veux sécher tes pleurs. Je te rends la Tiare
Et les biens paternels et te fais, dans Sion,
Pontife de ton Dieu, chef de ta nation.


AZAEL.

Mon père est mort, martyr du Dieu de la patrie,
Les armes à la main, quand le roi de Syrie
Couvrit, comme un torrent, nos champs de ses soldats.
Il n'était pas issu du sang des Onias.
Simple berger, nourri de la saine doctrine,
Il portait un cœur pur et fort dans sa poitrine.
Il tomba sur un champ de bataille ; et ses yeux
N'ont pas vu subjuguer la terre des aïeux.

ANTIOCHUS.

Tu n'es donc pas le fils de l'illustre grand-prêtre?

AZAEL.

Je suis le fils d'un pâtre et je suis fier de l'être.

ANTIOCHUS.

Devant moi sous le nom d'Onias tu parais.

AZAEL.

Nachor a manqué l'aigle et n'a pris dans ses rets
Qu'un passereau.

ANTIOCHUS.

Tu dis?

AZAEL.

Qu'une rétraite sûre
Vous dérobe Onias; et la belle capture
Que fit Nachor avec tant d'appareil, c'est moi.

ANTIOCHUS.

Tu railles, malheureux; la mort est devant toi.
Ignores-tu combien ma vengeance est funeste?


AZAEL.

Hé! puis-je l'ignorer quand tout ici l'atteste?
Nos maisons et nos champs livrés à vos pillards;
La hache s'émoussant sur le cou des vieillards;
Et les prêtres traqués comme des bêtes fauves.
Nos lois, les lois du Ciel même ne sont plus sauves.
Puis-je, puis-je ignorer — jour de larmes, de deuil! —
Ma mère que l'on ose arracher de son seuil,
Que l'on conduit avec ses fils dans ce prétoire,
Pour remporter sur elle une lâche victoire?
Mais on a beau compter sur le fer, sur le feu,
Rien, rien ne nous fera renier notre Dieu.
Prenez, prenez mon sang...


ANTIOCHUS.

                    Non, non! ma chair frissonne.
Ces flots de sang, la nuit... Non, le sang de personne.

AZAEL.

Balthazar a-t-il vu dans l'ombre du festin
Des mots mystérieux lui marquer son destin (1) ?

ANTIOCHUS.

Je veux du Dieu vivant détourner la colère.
Que son peuple l'adore en paix : je le tolère.

AZAEL.

Pharaon, frémissant sous les fléaux du Ciel (2),
Se hâtait de permettre aux enfants d'Israël
D'aller dans le désert offrir, selon leurs rites,
Sur l'autel du vrai Dieu les victimes prescrites;
Mais le péril passé, rétractant son serment,
Il retombait plus bas dans son aveuglement.

ANTIOCHUS.

Tel est le triste sort d'un roi sans caractère
Qui craint de se montrer juste aux yeux de la terre !

(1) Daniel, v, 5.
(2) Exode, ix, x, xi, *passim*.

Même un enfant ne peut croire qu'un bon dessein
En un moment de calme ait germé dans mon sein.
Et je suis entraîné sur la pente du crime.
Je n'ose des méchants fuir le joug qui m'opprime;
J'oserais moins encor me jeter dans les bras
De ceux dont j'ai livré les parents au trépas.
En vain le repentir purifierait mon âme;
Je ne serais pour eux jamais qu'un être infâme,
Indigne qu'on me tende une pieuse main
Pour m'aider à sortir de mon sanglant chemin.

   Et pourtant, dans ce cœur troublé par la démence,
Un Dieu juste avait mis une bonne semence,
Mais ce grain, dont la tige eût fleuri dans la paix,
J'ai versé trop de sang pour qu'il lève jamais.
Je n'ai plus qu'à poursuivre, avec mes noirs complices,
La perte d'Israël et mes propres supplices;
Et, ne pouvant du Ciel mériter la pitié,
Marcher obstinément, sur le meurtre appuyé.


AZAEL.


O grand roi, s'il est vrai que votre cœur commence
A sentir la douceur, le prix de la clémence;
Si de vos cruautés vous êtes repentant,
N'hésitez pas : venez à Dieu qui vous attend.
Si vos crimes sont grands, sa grâce est infinie

Et sa miséricorde est à jamais bénie.
Ses martyrs, oubliant vos injustes rigueurs,
Vous ouvriront joyeux et leurs bras et leurs cœurs;
Et Juda, plein d'espoir à cette aube nouvelle,
Suivra votre fortune en allié fidèle.
Otez vos dieux impurs et sanglants du milieu
De Sion; rendez-nous nos prêtres, notre Dieu ;
Ouvrez tous ces cachots où gémissent nos frères,
Révoquez à l'instant ces édits arbitraires,
Qui, sans courber les bons sous un joug odieux,
Font les méchants plus vils et plus audacieux.
Rétractez jusqu'au bout vos erreurs déplorables.
Que le glaive punisse enfin ces misérables
Qui, traîtres à leur Dieu, sont prêts à vous trahir
Du jour où c'est un gain pour eux de vous haïr,
Et qui, pour assouvir des rancunes intimes,
Vous feront immoler les plus pures victimes.
Soyez juste, en un mot. — Moi qui n'ai pas pleuré
Quand mon père parmi les morts est demeuré;
Qui n'ai pas de mon sein tiré de plainte amère
Quand vos fers ont meurtri mes frères et ma mère;
Qui voyais sans pâlir la mort à mon matin,
Et devant la menace étais calme et hautain...

Il tombe à genoux devant le roi.

J'arrose vos genoux de mes brûlantes larmes.
Faites cesser le deuil d'un peuple et vos alarmes;

Et, méritant du Ciel la bénédiction,
O roi, sauvez votre âme et délivrez Sion.

ANTIOCHUS.

Relève-toi : Bacchis vient qui pourrait t'entendre.

AZAEL.

Bacchis ? Ciel ! A quels maux ne dois-je pas m'attendre ?

## SCÈNE V.

ANTIOCHUS, AZAEL, BACCHIS, GORGIAS.

BACCHIS.

Roi, vivez à jamais, paisible et glorieux !
O roi, vos serviteurs sont tristes, anxieux.
Quelle était du matin au soir leur seule étude ?
Assurer de vos jours l'entière quiétude.
Ils réglaient leurs désirs, leur humeur sur vos goûts.
Des orages du sort ils vous paraient les coups.

Ils n'ont pas su trouver le secret de vous plaire.
Sur leur tête a crevé votre sombre colère.
Il ne leur a servi de rien d'avoir quitté
Tout, pour se faire un dieu de votre volonté.
Mais peut-être était-il plus prudent et plus sage
De vivre indépendant, de fuir votre visage,
D'exciter la discorde en vos vastes États,
Et d'adorer les dieux que vous n'adorez pas?
Ce qui se passe ici m'autorise à le croire.
Andronique, touché du soin de votre gloire,
Ose purger le sol d'un chef de factieux;
Vous le faites lier comme un séditieux;
Et même après sa mort poursuivant sa torture,
Vous livrez aux corbeaux son cadavre en pâture.
Pendant ce temps vos pleurs coulent sur Onias (1).
Déjà même en public vous plaignez son trépas.
On dit que pour gagner le suffrage des prêtres
Vous replacez son fils au rang de ses ancêtres.
Heureusement Nachor, que le Ciel aveugla,
N'a mené devant vous que l'enfant que voilà;
Et le fils d'Onias, dans le désert immense,
Se dérobe à vos yeux comme à votre clémence :
Sans quoi nous eussions vu cet heureux criminel,
Plus fier en votre cour qu'au foyer paternel,

(1) Note D.

Venger sur vos amis quelque sanglante injure.
Moi-même il m'eût puni comme un affreux parjure :
N'ai-je pas déserté le camp de Jéhovah
Et rougi du vieux prêtre enfin qui m'éleva ?

O roi, la douce paix fleurit dans votre empire,
Et votre peuple, après des jours troublés, respire.
Juifs, Grecs, ou Syriens, comme ils n'ont qu'un seul roi,
N'ont aussi qu'un seul culte et qu'une même loi.
C'est à vos dieux, que dis-je ? à vous seul que s'adresse
Votre vaste royaume en sa pieuse ivresse.
A peine quelques Juifs conservent tout honteux
Un dieu vieilli qui craint de marcher devant eux.
Et ce dieu sans crédit, vous, de vos mains divines,
Vous l'allez rétablir dans son temple en ruines ?
Pour cette œuvre il faudra le concours du bourreau,
Que le glaive fatal soit tiré du fourreau.
Notre âge mûr, docile au Soleil qui l'éclaire,
A pu mettre l'erreur sous les pieds et vous plaire.
Croit-on qu'il reviendra sous un joug détesté ?
Demandez notre sang, non cette lâcheté.


GORGIAS.


O roi, Bacchis dit vrai. Du couchant à l'aurore,
La terre devant vous se tait et vous adore.
Le vieux Mathathias seul avec ses cinq fils...

ANTIOCHUS.

C'est assez discourir : je suis de votre avis.

Je suis Dieu. Jupiter tient de moi son tonnerre.

Juif, que ton peuple au gré de tes vœux me vénère.

Prends ma statue et va la placer au milieu

Du temple (1), sur l'autel où descendait ton Dieu (2).

Que Gorgias te suive et te prête main-forte.

Pars ensuite, entouré d'une puissante escorte,

Et surprends dans Modin le vieux Mathathias.

C'est là qu'il a dû fuir et cacher Onias.

Qu'il obéisse au roi de l'Asie ou qu'il meure.

A Azaël.

Faites vite. — Tu sors aussi, mon fils ? Demeure.

Bacchis et Gorgias sortent.


# SCÈNE VI

ANTIOCHUS, AZAEL.


AZAEL.

Mon rêve était bien beau ; mais je n'ai plus d'espoir.

Le jour, qui se faisait serein, redevient noir.


(1) Note I.

(2) II Mach., II, 10.

Je vais dans la prison pleurer près de ma mère.

ANTIOCHUS.

Relever votre antique autel, c'était chimère.
Ton Dieu ne jouit plus chez vous d'aucun crédit.
Bacchis, qui fut nourri par vos prêtres, le dit.

AZAEL.

Et vous nous condamnez sur sa seule parole!
Ce méchant joue auprès de vous un vilain rôle.
Il prétend qu'avec Dieu tout le peuple a rompu?
Le menteur! Ce pays sans doute est corrompu;
Sur lui la lâcheté s'étend, lèpre honteuse;
Sa foi ne jette plus qu'une lueur douteuse;
Mais sur le sol sacré la mèche fume encor;
Et le cœur, si le froid le gagne, n'est pas mort.
Et dans le Ciel il est des rayons et des flammes
Pour raviver la lampe et retremper les âmes;
Et Dieu s'est réservé des vaillants parmi nous
Qui n'ont devant Baal point fléchi les genoux.
Il ne permettra pas que son peuple succombe.

ANTIOCHUS.

Son peuple est mort. Je vais le sceller dans sa tombe.
Cette main l'a rayé du rang des nations.

J'ai détruit avec lui les superstitions.

La terre libre sort de son antique ornière

Et sous mon sceptre seul se courbe toute fière;

Et les dieux que je souffre encor sur les autels

N'ont droit que sur mon ordre à l'encens des mortels.

  Jeune enfant, tu m'as plu. J'aime ton caractère (1).

Tu n'as pas ton pareil sans doute sur la terre.

Le sang dont tu naquis valait le sang royal.

Je voudrais que mon fils comme toi fût loyal.

Sois mon fils. Viens t'asseoir près de moi sur mon trône.

D'un peu de ton amour ardent fais-moi l'aumône.

Comme le blond David tu seras pour ton roi

Cet enfant ingénu, berger tout comme toi,

Dont la harpe charmait, divine enchanteresse,

Un prince moins que moi rongé par la tristesse (2).

Saül, quand son destin allait s'appesantir

Vit parfois du sépulcre un fantôme sortir (3);

Mais il ne vivait pas, toujours suivi d'un râle,

Parmi des morts sanglants ainsi qu'une ombre pâle.

Sois mon fils, mon bonheur; sois mon rayon vermeil.

Veille sur moi, le jour, sur moi, dans mon sommeil.

Mais sois prudent; respecte un culte allégorique;

(1) Note Q.
(2) I Rois, XVI, 23.
(3) I Rois, XXVIII.

Ne vas pas arborer un drapeau chimérique.
Laisse ton Dieu déchu dans un profond oubli.
Feins de suivre du moins le courant établi.
Dans ses vils appétits flatte la populace;
Et moi mort, tu seras dieu toi-même à ma place;
Et plus tard, si le vent souffle de ce côté,
A Sion tu rendras son Dieu ressuscité.


AZAEL.


Moi! feindre et renier le Dieu de ma patrie!
Moi! préférer au Ciel le trône de Syrie!
Roi, dieu, serais-je moins le sujet de la mort?
Il n'est qu'un seul vrai Dieu, maître absolu du sort :
C'est le Dieu que je sers et que mon peuple adore;
Et qui meurt pour sa cause est sûr de vivre encore.


ANTIOCHUS.


Ton Ciel, ton Dieu, chimère! Où va l'homme? Au néant.
Sa fin est de jouir; puis le gouffre béant
De la mort l'engloutit; et de toute sa gloire,
Il ne conserve rien, pas même la mémoire.
Tu peux couler ta vie au milieu des plaisirs,
Être heureux de longs jours; satisfais tes désirs.
Je veux que tout un peuple à t'obéir s'empresse.

Ton âme nagera dans une douce ivresse.
Tes frères à ta voix vont sortir de prison ;
Et ta mère sera reine dans ta maison.


### AZAEL.


Ce n'est pas le brillant d'une frêle couronne,
Que pour elle et ses fils ma mère ambitionne.
Méprisant vos faveurs comme votre courroux,
L'œil fixé sur le Ciel où l'attend son époux,
Elle bénira Dieu dont le bras nous châtie,
Si je suis agréé comme une pure hostie,
Et si, bravant comme elle un glorieux trépas,
Sur l'échafaud sanglant je précède ses pas.


### ANTIOCHUS.


Mon aveugle tendresse enhardit ton audace.
Crois-tu qu'impunément on me résiste en face ?
Qu'Antiochus toujours fléchira devant toi ?
Je n'ai que trop molli, moi ton maître et ton roi.
J'ai ma gloire à venger et mes dieux domestiques.
Obéis ; prends la coupe, et sous nos saints portiques,
Arrose les autels de tes libations.

Il descend de son trône et, de la main,
montre à Azaël la coupe sur l'un des
autels.

AZAEL.

Je n'adorerai pas les dieux des nations :
Ces troncs d'arbres sculptés, armés en vain du foudre,
Qu'un ver silencieux ronge et réduit en poudre,
Et qui, datant d'hier, ne seront plus demain !
Que je puis à mon gré secouer de ma main,

Gravissant les degrés du trône et renversant les deux statues.

Et briser sur le sol, sans peur que le tonnerre
N'éclate et ne foudroie un enfant téméraire.
   Et toi, tyran, aussi, comme tes dieux de bois (1),
Gisant meurtri, froissé, sanglant, pâle, aux abois,
Sous les débris du char dont la course farouche
T'emportait vers Sion, la menace à la bouche,
Sentant tomber tes chairs putrides par lambeaux,
Et tout vivant en proie au ver, roi des tombeaux,
Tu te tordras par terre, un jour, cadavre immonde,
De qui la puanteur infectera le monde.
   Fui des vivants, tremblant de voir surgir les morts,
Pour apaiser le cri vengeur de tes remords,
En vain tu promettras de rebâtir le temple.
Des justices du Ciel épouvantable exemple,
Rejeté comme un poids malsain par l'univers,
Tu seras un objet d'horreur même aux enfers.

(1) Note L.

# SCÈNE V

## ANTIOCHUS, AZAEL, GORGIAS.

### GORGIAS.

O roi, sur tous vos traits quelle pâleur mortelle !
Quoi ! vous savez déjà que Sion se rebelle ?
Ce peuple, à vos désirs docile jusqu'ici,
D'une étrange fureur est tout à coup saisi.
Contre votre statue il a lancé des pierres.
Il défendra, dit-il, le lieu de ses prières ;
Il ne laissera pas souiller le Saint-des-Saints.
Je n'ai pu qu'à grand peine arracher de leurs mains
Bacchis à moitié mort.

### ANTIOCHUS.

     Mon cheval et mes armes !
On me prépare un bain de sang mêlé de larmes.
Égorgez sans pitié jusqu'aux petits enfants.

A Gorgias.

Assemble mes soldats, mes chars, mes éléphants.
Saccagez sans merci cette ville exécrée
Qui d'un temple banal me refuse l'entrée.

Sur l'autel de leur Dieu qu'on porte mon autel (1).
Je serai la ruine ou le dieu d'Israël.

A Azaël.

Et toi-même, à mes vœux tâche de condescendre,
Ou tu mourras, maudit de ta patrie en cendre.

AZAEL.

Ma vie est au Seigneur; elle est à mon pays.
Ils ne me diront pas que je les ai trahis.


(1) Note I.


FIN DU DEUXIÈME ACTE.

# ACTE III

**Une plate-forme sur le point le plus élevé de Modin (1), dans les montagnes. Une vallée s'ouvre à l'orient, du côté de Jérusalem.**

## SCÈNE I

MATHATHIAS, ONIAS.

ONIAS.

Voyez cette lueur rougeâtre à l'horizon.

MATHATHIAS.

Ce spectacle est étrange et donne le frisson.

ONIAS.

Les pâtres font brûler quelque aride bruyère.

(1) Note M.

MATHATHIAS.

Un invincible effroi m'envahit l'âme entière.

ONIAS.

Parfois, quand le soleil au sein des flots descend,
L'occident orageux a ces teintes de sang.

MATHATHIAS.

Peut-être Antiochus, dans sa fureur sauvage,
Promène sur nos champs le meurtre et le ravage,
Et l'enfer a vomi ses feux et ses démons!...
Pendant toute la nuit on a vu sur les monts
D'affreux soldats, bardés de fer, bouillants de rage,
Passer, se dirigeant vers l'Est, comme un orage.
Le spectre de la mort suivait leurs étendards.

ONIAS.

Farouches, ils lançaient contre le ciel leurs dards.

MATHATHIAS.

Ce jour s'achèvera dans des vapeurs funèbres.

ONIAS.

Vos fils devaient rentrer, couverts par les ténèbres.
J'ai peur que leur audace...

MATHATHIAS.

                Ils sont vaillants et forts,
Et pour voir Azaël braveront mille morts.
Ils seront près de lui, s'il souffre le martyre.

ONIAS.

Tous ces malheurs, c'est moi qui sur vous les attire.
Que ne m'a-t-on laissé me livrer à Nachor?
Azaël serait libre et dans vos bras encor.

MATHATHIAS.

Azaël a montré le plus noble courage :
Six hommes ne pouvaient vous sauver de la rage
De ces incirconcis. Nous mourrions avec vous.
Notre aimable Azaël s'est dévoué pour tous.
Pauvre enfant! Je fondais sur lui tant d'espérances!
Le voir, c'était ma joie en nos jours de souffrances.

Comme mes fils, plus qu'eux, répondant à mes soins (1),
Son cœur de notre loi méditait tous les points;
Et comme à Samuel (2), dès l'âge le plus tendre,
La voix de Dieu parfois à lui se fit entendre.
Je l'aimais, cette fleur des rives du Jourdain!
La persécution me ramène à Modin.
C'est mon pays natal. Sur cette âpre montagne,
Il est encor des cœurs qu'aucune peur ne gagne,
Fermes comme ces rocs; et ce n'est pas ici
Que les projets du roi jamais ont réussi.
Ici vous êtes libre et chacun vous révère.

ONIAS.

Vous avez fait pour moi plus que n'eût fait un père.

MATHATHIAS.

J'ai rempli mon devoir.

ONIAS.

O Ciel! Tout l'Orient
Est en feu. Le fléau s'accroît. C'est effrayant.

(1) Note N.
(2) I Rois, III.

MATHATHIAS.

Une ville périt et se tord dans les flammes :
Jérusalem!...

ONIAS.

　　　Voyez ce vieillard, ces deux, femmes.
L'épouvante se lit sur leurs traits. Dans le bas
Du vallon avec peine ils ont porté leurs pas.

MATHATHIAS.

Au sommet du coteau s'élève une poussière.

ONIAS.

Des fugitifs encore !..

MATHATHIAS.

Ils se hâtent.

ONIAS.

　　　　Derrière

Ce rideau d'arbres passe un cavalier ardent ;
Sur un terrain pierreux il vole.

MATHATHIAS.

L'imprudent !

ONIAS.

Ciel ! le cheval s'abat.

MATHATHIAS.

L'homme est blessé peut-être.

ONIAS.

Il se relève ; il court ; il se fait reconnaître :
C'est Simon !

MATHATHIAS.

C'est mon fils ! Mais où donc est Judas ?
Et mes autres enfants ? Simon seul...

ONIAS.

Les soldats !

Les soldats !

MATHATHIAS

Les cruels ! A coups d'épée ils tombent
Sur les fuyards. Vieillards, femmes, enfants succombent.
L'air retentit du cri déchirant des blessés,
Et déjà le sang coule à remplir les fossés.

ONIAS.

On va nous assiéger.

MATHATHIAS.

Ce roc inexpugnable
Défiera des gentils la rage abominable.
Que n'ai-je, en cet asile, à temps pu recueillir
Nos frères que l'orage au port vient d'assaillir ?

ONIAS.

Le glaive a promptement mené son œuvre impie :
La plainte des mourants déjà s'est assoupie.

## SCÈNE II

MATHATHIAS, ONIAS, SIMON.

MATHATHIAS.

Mon fils...

SIMON.

Revêtez-vous d'un cilice ; pleurez !...
Jérusalem a vu périr ses murs sacrés.
Le glaive dévora la vieillesse et l'enfance ;
Et sur la ville ondoie un incendie immense (1).

MATHATHIAS.

Grand Dieu !

ONIAS.

Notre Azaël ?...

SIMON.

Tomba comme un martyr,

(1) Note O.

Souriant à la mort ; et quand j'ai dû partir
Pour sauver du péril votre tête, mes frères
Rendaient au doux enfant les honneurs funéraires.
J'ai couru vous donner avis que vers ces lieux
Bacchis marche, entouré de soldats furieux.
Déjà son avant-garde occupe la vallée.

MATHATHIAS.

Du danger qui grossit mon âme est peu troublée.
Parle-nous de Sion, mon fils, et d'Azaël.
Et mêlons nos soupirs en pleurant Israël.

SIMON.

La cité sainte était de carnage remplie.
Ivre d'orgueil, le roi rêvait, dans sa folie,
De faire sur le sol naviguer ses vaisseaux,
Et ses troupes marcher à pied sec sur les eaux.
Il s'assied sur l'autel du temple où sa statue
Se dresse, de rayons et d'azur revêtue ;
Et sa bouche à longs traits avale les encens
Qu'offrent au dieu nouveau de lâches courtisans.
L'aube naissait au ciel ; et le meurtre livide,
Las, poursuivait encor son labeur fratricide.
Jérusalem payait le généreux transport

Qui lui fit du lieu saint défendre au roi l'abord.
Des cadavres affreux s'entassaient dans les rues.
Les ondes du Cédron, d'un sang vermeil acccrues,
Roulaient hors de leur lit ; et le pâle soleil,
Qui sans doute jamais ne vit rien de pareil
A ces scènes de deuil, comme un vieillard qui pleure,
Se voilait d'un brouillard au seuil de sa demeure.

Tout à coup le tyran se souvient d'Azaël.
L'adolescent paraît, tel qu'un ange du Ciel.
Comment intimider cette fière nature?
Ses frères sous ses yeux sont mis à la torture.

O spectacle sublime! Enfants! Tendres vainqueurs!
Les tourments ne feront que mieux tremper vos cœurs.
De votre mort sept fois va mourir votre mère
Et sur vos corps sanglants s'endormir la dernière.

L'aîné — jamais son front ne fut si radieux : —
« Frappe; nous sommes prêts, dit-il; nous aimons mieux
» Périr que renier le Dieu de la patrie. »
Le roi frémit de rage; il se lève, il s'écrie...
Le jeune homme est saisi par vingt bras inhumains.
On lui coupe la langue, on mutile ses mains.
Un gril incandescent s'allonge dans la flamme.
C'est là qu'on le dépose et Dieu reçoit son âme.

Ses frères enviaient la gloire de son sort.
« Heureux qui ne craint pas la douleur ni la mort,
» Disaient-ils, dans le Ciel sa couronne s'apprête. »

Le second se présente. On écorche sa tête.
Le sang coule, la peau tombe avec les cheveux.
Et le roi : « Hâtons-nous , et fais ce que je veux. »
— « Non! » dit-il fièrement. — Sur lui la plèbe immonde
Se rue. Et le martyr près de quitter le monde :
« Scélérat, tu nous prends des jours qui durent peu.
» Nous ressusciterons sous le souffle de Dieu
» Pour la vie éternelle. » Il meurt; et le troisième
De ces nobles enfants s'en va mourir de même.
« Donne ta langue avec tes mains, » lui dit le roi. —
« Volontiers, répond-il, sans montrer de l'effroi;
» Je les reçus du Dieu vivant; tu peux les prendre;
» Je crois qu'un jour au Ciel Dieu saura me les rendre. »
Ce beau langage émeut le tyran d'Israël.
Sera-t-il donc vaincu? Trois frères d'Azaël
Restent encor. L'un dit : « Douce est la mort, quand elle
« Prend l'homme et le conduit à la vie immortelle.
» Mais toi, cruel, ta part sera dans les enfers. »
L'autre : « Dieu te donna le glaive, à nous des fers.
» Est-ce à dire qu'il soit pour ses fils sans entrailles?
» Comme la foudre au jour prochain des représailles,
» Tu le verras paraître et sécheras de peur. »
Et le dernier : « En vain de toi-même trompeur,
» Tu prétends ne devoir qu'à toi seul ta puissance.
» Tu n'es fort qu'en raison du peu d'obéissance
» Qu'Israël eut pour Dieu. Mais nous serons vengés. »

Dans la chaudière ardente ils sont tous trois plongés (1).

    Salomé, sous des flots d'amertume abîmée,

Mais digne de ses fils et de sa renommée,

Voyant en un seul jour périr tous ses enfants,

Ne trouvait en son cœur que des cris triomphants;

Et mêlant, au milieu des clameurs de la rage,

A l'amour maternel le plus mâle courage,

Disait : « Je ne sais pas comment mon sein a su

» Des fibres de vos corps former le beau tissu.

» Ce n'est pas moi qui mis en vous l'âme et la vie.

» Dieu seul donne l'enfant à la mère ravie.

» Et ce Dieu, notre espoir, vous rendra, quelque jour,

» Plus que vous ne perdez, mourant pour son amour. »

    Cependant Azaël qu'Antiochus ménage (2)

S'indignait qu'on eût l'air de plaindre son jeune âge.

Le roi veut à tout prix gagner l'adolescent.

Il appelle sa mère ; et, d'un ton caressant,

Il l'exhorte à sauver ce fils rempli de charmes.

« Soit! » dit-elle ; et, baignant son dernier né de larmes :

« Souviens-toi que ce sein neuf longs mois te porta

» Et que d'un lait très pur trois ans il t'allaita.

» Tout cet amour n'aurait abouti qu'à ta perte?

(1) Note P.
(2) Note Q.

» Regarde, enfant, le Ciel. La palme t'est offerte.
» Tes frères radieux t'attendent. Ne crains pas
» Les tortures, la mort ; cours, vole dans leurs bras.
» Je te suivrai moi-même. »
        Elle parlait encore ;
Mais lui, tout empourpré du feu qui le dévore,
Était debout déjà près du roi stupéfait ;
Et, terrible, du Dieu vivant le menaçait.
Ce n'est plus cet aimable enfant, à blonde tête ;
Mais, armé de la foudre, un sinistre prophète.
Antiochus livide, effaré, chancelant
Comme un homme ivre, en vain sur son sceptre sanglant
S'appuyait ; la sueur inonde son visage ;
Et prêt à s'affaisser, avec un cri sauvage :
« Egorgez-le, dit-il, sur le sein maternel.
» Que sa mère après lui meure sur mon autel.
» Allumez les flambeaux de tant de funérailles.
» Brûlez Sion avec ses tours et ses murailles. »
Je ne vous peindrai pas ce spectacle navrant ;
Ces couleuvres de feu de toit en toit courant ;
La clameur des blessés cernés par l'incendie.
Vers le temple hâtant notre marche hardie,
Pour voir nos chers martyrs vaincre un cruel trépas,
Mais par les fugitifs arrêtés à tous pas,
Nous avions du Cédron enfin franchi les rives ;
Un vieillard vient à nous du jardin des Olives,

Et dit : « Je vous attends. Vos martyrs, les voilà.
» Leurs corps, leurs corps sacrés ont été jetés là.
» Donnons-leur, en baisant leurs pieuses blessures,
» Ici, sous l'olivier de paix, des tombes sûres.
» Mais assis auprès d'eux sachez de moi d'abord
» Quelle fut leur vaillance et quelle fut leur mort.
» Tous les siècles loueront ces héros et leur mère. »
Il nous fit le récit que je viens de vous faire.

MATHATHIAS.

Malheur à moi qui n'ai tant vécu que pour voir
Les fléaux sur mon peuple à coups pressés pleuvoir,
Et les gentils fouler aux pieds la cité sainte
Tandis que j'étais là, tranquille en cette enceinte !...
La fille de Sion se nourrit de ses pleurs.
Son temple, ses trésors, sont en proie aux voleurs.
Sa gloire à l'étranger s'en va, triste captive.
Le fer a moissonné sa jeunesse plaintive.
Ses vieillards égorgés gisent sur les chemins.
Pas de peuple qui n'ait porté d'avides mains
Sur sa pourpre en lambeaux. Sa grâce sans rivale
S'est éclipsée. Esclave, un vainqueur la ravale.
O ma joie ! ô mon tout ! ô ma sainte cité !
Maison du Dieu vivant ! lumineuse beauté !
Les méchants t'ont souillée, et moi je vis encore !...

ONIAS.

Un navire à Joppé m'attend depuis l'aurore.
De mes malheurs le roi de Memphis a pitié.
Il m'offre une province avec son amitié (1).
Je sais jusqu'à la mer une route secrète.
N'osant vous avouer que mon départ s'apprête,
J'étais là près de vous, sans vous laisser d'un pas.
Je caressais l'espoir de ne vous quitter pas.
Le brusque événement de la nuit me décide.
Sion a succombé sous le glaive homicide.
Azaël a péri, fauché comme une fleur.
Je ne suis pas de taille à vaincre le malheur.
Ce n'est pas un enfant qui va, d'un bras novice,
De la patrie à bas relever l'édifice.
Autant que je le puis je vous cède mes droits (2).
Donnez à mon pays ses prêtres et ses rois.
Puissiez-vous le tirer de sa stupeur profonde!
Adieu.

Il se jette dans les bras de Mathathias.

MATHATHIAS.

Mon fils!

On entend le son de la trompette guerrière.

(1) Note F.
(2) Note S.

SIMON.

Voici Judas. Dieu le seconde.
Bacchis n'ose affronter son terrible regard.
Mais quel est ce blessé porté sur un brancard?
Est-ce bien Azaël?

MATHATHIAS.

C'est lui-même.


## SCÈNE III


MATHATHIAS, ONIAS, SIMON, JUDAS ET SES FRÈRES
AZAEL SUR UN BRANCARD, GUERRIERS JUIFS.


ONIAS, à genoux près d'Azaël.

Mon frère!

JUDAS.

Il dort.

AZAEL, dans le sommeil.

Gloire ! martyre ! éclatante lumière !
Je foule le parvis du Ciel.

JUDAS.

Ses yeux sont clos.
Sa bouche ainsi murmure en souriant des mots.
Il restait à creuser une tombe, la sienne,
Quand j'ai senti sa main remuer dans la mienne.
Le bourreau que troubla tant d'aimable candeur
Avait fui, lui laissant son poignard dans le cœur.
Mais s'il respire encor, la blessure est mortelle.

ONIAS.

Il a rouvert les yeux.

AZAEL.

Ma mère !... Où donc est-elle ?..
Ce bleu d'azur n'est pas celui du Paradis...
Sur terre dois-je encor languir comme jadis ?..
La musique se tait qui charmait mon oreille...
Qu'ai-je vu ?.. Frémissant, mon peuple se réveille !...

ONIAS.

L'avenir à ses yeux entr'ouvre son rideau.
*Prenant la main d'Azaël.*

Ami !...

AZAEL, repoussant doucement la main d'Onias,

Ce bras est faible et lourd est le fardeau !..
Viens, Judas. La bravoure est ton brillant partage.
Ton père est grand : mais toi mille fois davantage.
Son invincible foi commence, tu finis ;
Et vos efforts de siècle en siècle sont bénis.

De son peuple Judas a dilaté la gloire (1) ;
Ce géant à son char enchaîne la victoire ;
Son casque foudroyant brille dans les combats ;
Son glaive est un rempart d'airain qu'on ne rompt pas...
Le lion du désert a rugi dans sa joie ;
Le lionceau fougueux a bondi sur sa proie...
Les rois devant sa face ont fui comme le daim.
Il porte le salut d'Israël dans sa main.
Il va, sombre vengeur du Ciel, livrant aux flammes,
Ces artisans de mort qui corrompaient les âmes.
Il réjouit Jacob affranchi des pervers ;
Et son nom retentit au bout de l'univers.

ONIAS.

Son regard est éteint.

JUDAS, prenant la main d'Azaël.

Sa main froide retombe.

(1) Note T.

MATHATHIAS, lui posant la main sur le cœur.

Et le cœur ne bat plus.

ONIAS, se levant.

Couvrez de fleurs sa tombe.
Ton image, Azaël, survivra dans mon cœur.
Je pars.

Onias sort.


## SCÈNE IV

LES PRÉCÉDENTS, MOINS ONIAS.

MATHATHIAS.

Et nous, portons ce héros, ce vainqueur,
Dans le sépulcre antique où reposent mes pères.
Cet ange, déployant ses ailes tutélaires,
Veillera sur Modin.

Marche funèbre. Tout à coup, quand le
corps d'Azaël a déjà disparu, un bruit d'armes, des cris se font entendre.

MATHATHIAS, s'arrêtant.

Ce tumulte, ces cris,

Ce bruit d'armes?...

SIMON, rentrant précipitamment.

Malheur à noüs! Modin est pris!

UN GUERRIER JUIF, couvert de sang et l'épée à la main.

Deux traîtres — de leur sang cette épée est rougie —
Ont ouvert une porte à l'armée ennemie.
Bacchis est dans la place.

JUDAS.

Il n'en sortira pas.
Sur ce dernier sommet ralliez vos soldats.

MATHATHIAS.

Comme la mer, mon sein gronde, plein de tempêtes.
Faut-il, comme le bœuf, tendre au couteau nos têtes?
Ou, le fer à la main, nous ruer au milieu?...
Laissez entrer Bacchis. Regarde-nous, grand Dieu!

## SCÈNE V

MATHATHIAS, SES FILS, GUERRIERS JUIFS,
d'un côté de la scène.

BACCHIS ET SES SOLDATS,
de l'autre côté. Ceux-ci apportent un autel.

BACCHIS, à Mathathias.

Vieillard, sur cet autel, hâte-toi, sacrifie (1).
Antiochus flatté t'accordera la vie.
Juif ou gentil, chacun l'adore excepté toi.

MATHATHIAS.

Quand même l'Univers plierait devant le roi,
Nous n'obéirons pas, moi, mes fils ni mes frères,
Fidèles à la loi comme au Dieu de nos pères.

BACCHIS.

Je suis Juif, je suis prêtre : Onias m'éleva.
J'ai connu, j'ai servi comme vous Jéhovah.

(1) Note U.

J'adore un dieu plus grand que lui dans les batailles :
Votre vainqueur !

Il s'approche de l'autel et prend la coupe des libations.

MATHATHIAS.

D'horreur ont frémi mes entrailles.
Grand Dieu ! faible vieillard, vengerai-je ta loi ?

UNE VOIX, dans les airs

Frappe !

MATHATHIAS, s'élançant sur Bacchis, l'épée à la main.

Meurs, traître !

Eclair terrible et coup de tonnerre.
L'autel est mis en pièces. Les soldats
syriens sont renversés ou dispersés.
Mathathias disparaît un moment
avec Bacchis.

JUDAS.

Dieu parle et répand l'effroi !
Bacchis gît dans son sang ; ses soldats se dispersent.
De leurs glaives, l'un l'autre en fuyant ils se percent.

MATHATHIAS, *rentrant, l'épée haute et sanglante.*

Suivez-moi : Dieu le veut ! c'est trop longtemps souffrir !
Et sachons délivrer la patrie... ou mourir.

*Les fils de Mathathias et les guerriers juifs*
*remplis d'enthousiasme tirent leurs épées.*

FIN DU TROISIÈME ET DERNIER ACTE.

NOTES

# NOTES

---

## A

Les Machabées. — Nous lisons, au premier livre des Machabées, que lorsque Mathathias se retira sur la montagne de Modin, avec tous les siens, Judas, son troisième fils, était déjà surnommé Machabée : *Et Judam, qui vocabatur Machabæus* (1).

Les consonnes qui forment ce mot, consonnes que Judas dans la suite fit graver sur ses étendards, sont les lettres initiales des cinq mots hébreux qu'il prit pour devise et que la Vulgate traduit ainsi : *Quis similis tui in fortibus, Domine* (2)? Machabée a donc le même sens que cette sentence de l'Exode : Qui est semblable à vous parmi les forts, ô Seigneur ?

Suivant plusieurs commentateurs, il dérive de l'hébreu *mackeba,* marteau, et marque la vigueur avec laquelle le fils héroïque de Mathathias écrasa les oppresseurs de son pays.

Quoi qu'il en soit, le nom de Machabée, porté par Judas, devint si célèbre qu'il fut donné, non-seulement aux frères et à toute la famille du héros, mais encore à tous les Israélites qui protestèrent alors de leur fidélité aux lois de Dieu et de la patrie, soit en combattant l'impiété, les armes à la main, sur les champs de bataille, soit en livrant leurs corps sans défense à la fureur des bourreaux, au milieu des supplices, comme

(1) « Et Judas, appelé Machabée. »(I Mach., II, 4.)
(2) Exod., xv, 11.

le saint vieillard Éléazar et cette mère admirable, *supra modum mater mirabilis* (1), qui fut martyrisée avec ses sept fils.

Mathathias était prêtre d'entre les enfants de Joarib. Voici les noms de ses cinq fils : Jean, surnommé Gaddis; Simon, surnommé Thasi; Judas, appelé Machabée; Éléazar, surnommé Abaron; et Jonathas, surnommé Apphus (2).


# B


AZAEL. — L'historien Josephe nomme les sept frères martyrs : Machabée, Aber, Machir, Judas, Achas, Areth et Jacob. C'est ce dernier, le plus jeune, qui paraît ici sous le nom d'Azaël. Ils avaient tous un extérieur fort agréable, mais des âmes plus belles encore : *Corpore venustissimi, sed animo formosiores* (3).

Leur mère est appelée par saint Thomas, Machabæa; par Josephe, Salomona ou Abra; par les Grecs, Salomé.


# C


LA TIARE. — La tiare du grand-prêtre différait des mitres ou tiares des autres prêtres. Seule elle portait la lame d'or sur laquelle était gravé *Sanctum Domino* (4). Elle formait une sorte de diadème. *Crediderim tamen tiaram Pontificis habuisse diadema* (5). Josephe dit qu'elle était entourée de trois couronnes d'or superposées : *Hunc aurea corona*

(1) II Mach., VII, 20.

(2) I Mach., II.

(3) Josephe; ancienne édition grecque, citée par Cornelius a lap. in II Mach., comment., VII, 1.

(4) « La sainteté au Seigneur ! » (Exod. XXVIII, 36.)

(5) « Je crois que la tiare du grand-prêtre avait un diadème. (Corn. a lap. in Exod., comment., XXVIII 39.

*triplici ordine circumdat* (1). D'après Philon la tiare avec sa triple couronne marquait la souveraine prééminence du grand-prêtre : *Triplex corona significabat Pontificem esse eminentiorem omnibus regibus* (2).


## D


Jason offre au roi de Syrie un tribut annuel d'environ trois millions de notre monnaie actuelle et obtient le souverain sacerdoce, au détriment de son frère Onias. Ménélaüs promet un million de plus et supplante Jason; mais il est remplacé lui-même par Lysimaque, son frère (3). Pendant ce temps, Onias, retiré dans le bois sacré de Daphné, dans un faubourg d'Antioche, sous la sauvegarde du temple d'Apollon (4), attendait vainement que le roi lui rendît justice.

Andronique, un des principaux officiers de la cour d'Antiochus, parvint par de fallacieuses promesses, à l'arracher de cet asile inviolable et le massacra. Il est probable qu'il crut servir en cette occasion la politique barbare de son maître, mais les sollicitations et les présents de Ménélaüs le déterminèrent surtout à commettre ce meurtre (5).

Antiochus, bourrelé de remords, pleura la mort d'Onias. Il s'emporta contre Andronique, et, l'ayant dépouillé de la pourpre, il le fit traîner par toute la ville comme le dernier des malfaiteurs. Andronique fut mis à mort à l'endroit même où il avait porté une main sacrilége sur Onias (6).


(1) « La tiare est entourée de trois couronnes d'or superposées. » (Cité par Corn.)

(2) « Cette triple couronne signifiait que le Pontife était élevé au-dessus de tous les rois. » (Cité par Corn.)

(3) II Mach., IV *(passim)*.

(4) II Mach., IV, 33.

(5) II Mach., IV, 32, 34.

(6) II Mach., IV, 37, 38.

## E

Héliodore dans le temple de Jérusalem (II Mach., iii) (i) :

14. — Constituta autem die intrabat de his Heliodorus ordinaturus. Non modica vero per universam civitatem erat trepidatio.

15. — Sacerdotes autem ante altare cum stolis sacerdotalibus jactaverunt se...

16. — Jam vero qui videbat Summi Sacerdotis vultum, mente vulnerabatur ; facies enim et color immutatus declarabat internum animi dolorem.

(1) 14. — Au jour fixé pour accomplir son sacrilége, Héliodore entrait dans le temple. Et, par toute la ville, l'alarme était grande.

15. — Les prêtres, revêtus de leurs robes sacerdotales, se proternèrent devant l'autel...

16. — On ne pouvait regarder le visage du grand-prêtre sans se sentir blessé au cœur. La pâleur de ses traits révélait l'angoisse de son âme.

17. — La tristesse l'enveloppait... ; tout son corps frissonnait d'horreur ; la douleur intérieure éclatait au dehors.

19. — ... Les femmes, la poitrine ceinte d'un cilice, couraient en foule par les rues ; les vierges elles-mêmes...

20. — ... Toutes, les mains étendues vers le ciel, faisaient entendre leurs supplications.

25. — ... Tout à coup un cheval apparaît, portant un cavalier terrible et superbement harnaché. D'un bond il est sur Héliodore ; il le broie sous ses deux sabots de devant. Le cavalier semblait avoir des armes d'or.

26. — En même temps, deux jeunes hommes, beaux d'audace, brillants de gloire et magnifiquement vêtus, se tinrent autour d'Héliodore, le fouettant de droite et de gauche, et ne cessant de le charger de plaies...

30. — Israël bénissait le Seigneur glorifiant ainsi son sanctuaire ; et le temple tout à l'heure encore rempli de frayeur et de tumulte, retentissait maintenant, en présence de cette manifestation de la Toute-Puissance divine, de cris de joie et d'allégresse.

33. — ... Le grand-prêtre offrit, pour la guérison du coupable, une hostie salutaire.

17. — Circumfusa enim erat mæstitia quædam viro, et horror corporis, per quem manifestus aspicientibus dolor cordis ejus efficiebatur.

. . . . . . . . . . . . . . . . . . .

19. — Accinctæque mulieres ciliciis pectus per plateas confluebant ; sed et virgines...

20. — Universæ autem protendentes manus in cœlum deprecabantur...

. . . . . . . . . . . . . . . . . . .

25. — Apparuit... quidam equus terribilem habens sessorem, optimis operimentis adornatus ; isque cum impetu Heliodoro priores calces elisit ; qui autem ei sedebat, videbatur arma habere aurea.

26. — Alii etiam apparuerunt duo juvenes virtute decori, optimi gloria, speciosique amictu ; qui circumsteterunt eum et ex utrâque parte flagellabant, sine intermissione multis plagis verberantes.

. . . . . . . . . . . . . . . . . . .

30. — Hi autem (Judæi) Dominum benedicebant, quia magnificabat locum suum ; et templum quod paulo ante timore ac tumultu erat plenum, apparente omnipotente Domino, gaudio et lætitiâ impletum est.

. . . . . . . . . . . . . . . . . . .

32. — ... Summus sacerdos obtulit pro salute viri hostiam salutarem.


## F


Onias, fils du grand-prêtre Onias III, était encore enfant quand son père fut si indignement assassiné. Quelques années après, il se réfugia en Egypte. Le roi Ptolémée Philométor l'accueillit avec bonté et lui permit de bâtir, dans le nome d'Héliopolis, un temple semblable à celui de Jérusalem.

Autour de ce centre d'unité se groupèrent les colonies juives établies entre Péluse et Memphis.

Le temple d'Héliopolis devint bientôt célèbre ; mais il lui manquait la sanction divine. Onias l'avait cherchée en vain dans le passage suivant d'Isaïe (1) :

« In die illa erunt quinque civitates in terra Ægypti, loquentes lingua Chanaan, et jurantes per Dominum exercituum : civitas Solis vocabitur una.

» In die illa erit altare Domini in medio terræ Ægypti. »

G

Pendant quarante jours des prodiges effrayants parurent dans l'air au-dessus de Jérusalem, annonçant les malheurs qui allaient fondre sur cette ville infortunée.

II Mach., v (2) :

2. — Contigit autem per universam Hierosolymorum civitatem videri diebus quadraginta per aera equites discurrentes, auratas stolas habentes, et hastis, quasi cohortes, armatos.

3. — Et cursus equorum per ordines digestos, et congressiones fieri cominus, et scutorum motus, et galeatorum multitudinem gladiis districtis, et telorum jactus, et aureorum armorum splendorem, omnisque generis loricarum.

---

(1) « En ce jour, il y aura cinq villes dans la terre d'Égypte, qui parleront la langue de Chanaan et qui jureront par le Seigneur des armées. L'une d'elles sera appelée la Ville du Soleil.

« En ce jour, il y aura un autel du Seigneur au milieu de la terre d'Égypte. » (Isaïe, XIX, 18, 19.)

(2) 2. — Pendant quarante jours on vit courir dans les airs, au-dessus de la ville de Jérusalem, des cavaliers vêtus d'or et armés de lances, comme des escadrons.

3. — Les chevaux en ordre de bataille s'élançaient les uns contre les autres : on se serrait de près : les boucliers s'agitaient. Partout des casques, des glaives nus, des dards lancés, et l'éclat terrible des armes et des cuirasses d'or.

# H

Martyre du saint vieillard Eléazar, prince de l'une des vingt-quatre classes sacerdotales (1).

II Mach., VI (2) :

18. — Igitur Eleazarus unus de primoribus scribarum vir ætate provectus, et vultu decorus, aperto ore hians, compellebatur carnem porcinam manducare.

19. — At ille gloriosissimam mortem magis quam odibilem vitam complectens, voluntarie præibat ad supplicium.

. . . . . . . . . . . . . . . . . . . . . . . .

21. — Hi autem qui astabant... tollentes eum secreto rogabant

(1) Corn. a lap. in II Mach., comment. VI.

(2) 18. — Eléazar était l'un des premiers d'entre les docteurs de la Loi ; vieillard vénérable par son air non moins que par son grand âge.

On lui ouvrait de force la bouche pour le contraindre à manger de la chair de porc.

19. — Mais préférant un glorieux trépas à une vie méprisable, il marchait résolûment au supplice....

21. — On le prit à part, on le conjura de se laisser présenter des viandes dont il lui était permis d'user et de feindre de manger, selon l'ordre du roi, les viandes du sacrifice,

22. — Afin de se sauver de la mort....

23. — Mais il répondit sans hésitation qu'il préférait descendre dans le tombeau.

24. — « La feinte, disait-il, ne convient pas à l'âge où nous sommes » parvenu. Je n'induirai pas la jeunesse en erreur, en lui faisant accroire » qu'Éléazar à l'âge de quatre-vingt-dix ans a embrassé la manière de vivre » des étrangers...

28. — » Je laisserai aux adolescents un bel exemple en souffrant avec joie » et constance une honorable mort, pour nos lois très saintes. » — Quand on l'eut entendu parler de la sorte, on se hâta de le traîner au supplice...

30. — Mais lorsqu'il succombait sous les coups, il poussa un soupir et dit : « Seigneur, mon corps est accablé d'affreux tourments, mais mon âme les » supporte volontiers pour votre amour. »

afferri carnes quibus vesci ei licebat, ut simularetur manducasse, sicut rex imperaverat, de sacrificii carnibus :

22. — Ut, hoc facto, a morte liberaretur...

23. — At ille... respondit cito, dicens, præmitti se velle in infernum.

24. — Non enim ætati nostræ dignum est, inquit, fingere, ut multi adolescentium, arbitrantes Eleazarum nonaginta annorum transisse ad vitam alienigenarum,

25. — ... Decipiantur ; et per hoc maculam atque execrationem meæ senectuti conquiram.

.   .   .   .   .   .   .   .   .   .   .   .   .   .   .   .   .   .   .   .   .

28. — Adolescentibus autem exemplum forte relinquam, si prompto animo ac fortiter pro gravissimis ac sanctissimis legibus honesta morte perfungar. His dictis, confestim ad supplicium trahebatur.

.   .   .   .   .   .   .   .   .   .   .   .   .   .   .   .   .   .   .   .   .

30. — Sed cum plagis perimeretur, ingemuit et dixit : Domine... duros corporis sustineo dolores ; secundum animam vero propter timorem tuum libenter hæc patior.

I

Antiochus tenait habituellement sa cour à Antioche. Il s'imagina, dans son orgueil, qu'il lui serait facile de créer une religion hellénique universelle. Il honorait plus particulièrement Bacchus et Jupiter. Aux fêtes de Bacchus, il contraignait les Juifs à danser sur les places publiques, le front couronné de lierre (1). Il fit placer la statue de Jupiter Olympien dans le temple de Jérusalem sur l'autel même du Seigneur (2), et contre cet autel il en avait dressé un autre, plus petit (3), sur lequel on immolait des porcs (4).

(1) II Mach., VI, 7.
(2) I Mach., I, 57.
(3) I Mach., I, 62.
(4) Josephe, *antiq.*, 1, 12, c. 7.

Il se confondait volontiers lui-même avec Jupiter et se faisait adorer dans la personne de ce dieu. Cornélius dit, en parlant du nouvel autel dressé par Antiochus dans le temple : « In hac ergo ara non tantum Jovi sed et ipsi Antiocho quasi deo sacrificabant. Ipse enim voluit coli ut deus, uti prædixit Daniel (1). »

Daniel avait dit : « Dirigetur dolus in manu ejus ; et cor suum magnificabit, et in copia rerum omnium occidet plurimos : et contra Principem principum consurget et sine manu contereretur (2). »

J

Polybe parle des remords d'Antiochus et des spectres sanglants que ce tyran misérable avait sans cesse devant les yeux (3).

K

La sainte Écriture loue la piété d'Onias et la sagesse de son administration qui en imposait même aux rois étrangers (4).

Judas Machabée, dans une vision, aperçoit Onias et le prophète Jérémie. Onias, les bras étendus, prie pour le peuple ; Jérémie présente au héros une épée d'or, et l'écrivain sacré appelle Onias : « Virum bonum

______

(1) « Sur cet autel on offrait des sacrifices non-seulement à Jupiter, mais à Antiochus lui-même comme dieu. Car il voulut être adoré comme dieu, selon la prédiction de Daniel. » (Corn. a lap. I Mach., comment. I, 62.)

(2) « Sa main sera pleine d'artifices et son cœur s'enflera... Exalté par le » succès, il multipliera ses crimes ; il s'élèvera contre le Roi des rois, mais il » tombera pulvérisé, sans être touché par la main des hommes. » (Daniel, VIII, 25.)

(3) Cité par Rollin, *Hist. anc.*, l. XIX.

(4) II Mach., III.

et benignum, verecundum visu, modestum moribus, et eloquiis decorum et qui a puero exercitatus sit (1).

## L

Antiochus furieux d'avoir échoué dans son dessein de piller le temple de Persépolis, en Perse, jure de se venger de cet échec, en exterminant les Juifs. Mais tandis qu'il court sur la route de Jérusalem, de toute la vitesse de ses chevaux, le bras de Dieu le frappe.

II Mach., 9 (2) :

7. — ... Superbia repletus, ignem spirans animo in Judæos et præcipiens accelerari negotium, contigit illum impetu euntem de curru cadere, et gravi corporis collisione membra vexari.

.  .  .  .  .  .  .  .  .  .  .  .  .  .  .  .  .  .  .  .  .  .  .  .

9. — Ita ut de corpore impii vermes scaturirent, ac viventis in doloribus carnes ejus effluerent, odore etiam illius et fœtore exercitus gravaretur ;

(1) « Homme bon et doux, à l'air vénérable, plein de modération, distingué par son éloquence, et dès l'enfance formé à toutes les vertus. » (II M., XV, 12)

(2) 7. — ... Gonflé d'orgueil, le cœur embrasé de fureur contre les Juifs, il excitait l'ardeur de ses chevaux, quand tout à coup, au plus fort de cette course impétueuse, il fut précipité de son char; et de son corps froissé, de ses membres tout meurtris...

9. — Il sortait des fourmilières de vers. Vivant encore, au milieu d'atroces souffrances, ses chairs tombaient par lambeaux; et ce foyer d'infection incommodait toute l'armée...

12. — Lui-même ne pouvait supporter l'odeur qu'il répandait...

13. — Alors cet impie se mit à implorer le Seigneur; mais Dieu ne devait pas lui faire grâce...

16. — En vain promettait-il d'orner magnifiquement le saint temple qu'il avait pillé naguère...

28. — Homicide et blasphémateur, couvert d'horribles plaies, ce fut dans les montagnes, loin de son pays, qu'il mourut misérablement.

. . . . . . . . . . . . . . . . . . . . . . . . . . .

12. — Et cum nec ipse jam fœtorum suum ferre posset...

13. — Orabat autem hic scelestus Dominum a quo non esset misericordiam consecuturus...

. . . . . . . . . . . . . . . . . . . . . . . . . . .

16. — Templum etiam sanctum quod prius expoliaverat, optimis donis ornaturum...

. . . . . . . . . . . . . . . . . . . . . . . . . . .

28. — Igitur homicida et blasphemus pessime percussus... peregre in montibus miserabili obitu vita functus est.

## M

Modin, petite ville située dans les montagnes, à l'ouest de Jérusalem. C'est là que se retira Mathathias avec tous les siens (1).

Richard Cœur de Lion, des hauteurs de Modin, découvre Jérusalem, et pleure sur la ville sainte qu'il n'a pu délivrer (2).

## N

Azaël et ses frères étaient les disciples du saint vieillard Éléazar. Saint Ambroise leur prête le propos suivant, en présence d'Antiochus :

« Sequimur patrem filii, discipuli doctorem (3). »

## O

Josephe raconte (4) que, lorsque Antiochus occupa Jérusalem pour la seconde fois, la plus grande partie des habitants fut passée au fil de l'épée et les plus beaux édifices devinrent la proie des flammes. On rasa

(1) I Mach., II, 1.
(2) *Histoire abr. des Crois.*, par Michaud et Poujoulat, p. 171.
(3) « Les fils suivent leur père ; les disciples, leur maître. » (Saint Ambroise, *De Jacob. et vita beata*, 1. 2, c. 10.)
(4) Antiq., 1. XII, c. VII.

les murailles de la ville. L'autel de Jupiter Olympien souilla le temple du vrai Dieu.

Les armées syriennes saccagèrent deux fois Jérusalem à deux ans d'intervalle. Ces scènes de désolation sont décrites aux livres des Machabées.

I Mach., I (I) :

22. — Et ascendit Hierosolymam in multitudine gravi.

. . . . . . . . . . . . . . . . . . .

25. — Et fecit cædem hominum et locutus est in superbia magna.

II Mach., V (2) :

12. — Jussit autem militibus interficere, nec parcere occursantibus et per domos ascendentes, trucidare.

13. — Fiebant ergo cædes juvenum ac seniorum, et mulierum et natorum exterminia, virginumque et parvulorum neces.

14. — Erant autem toto triduo octoginta millia interfecti, quadraginta millia vincti, non minus autem venundati.

15. — ... Ausus est etiam intrare templum ..... et contaminabat.

I Mach., I (3) :

32. — Et irruit super civitatem repente, et percussit eam plaga magna, et perdidit populum multum ex Israel.

---

(1) 22. — Antiochus marcha contre Jérusalem à la tête d'une armée innombrable...

25. — Il fit un grand carnage d'hommes et ses paroles respirèrent le dernier orgueil...

(2) 12. — Il commanda à ses soldats de n'épargner personne dans la rue, d'envahir même les maisons pour en égorger les habitants.

13. — On massacra les jeunes hommes et les vieillards, les femmes et les enfants, les jeunes filles et jusqu'aux plus petits enfants.

14. — En trois jours, quatre-vingt mille Juifs furent tués, quarante mille enchaînés, comme prisonniers de guerre, quarante mille vendus comme esclaves.

15. — ... Le roi osa même entrer dans le temple et le souiller...

(3) Apollonius, lieutenant d'Antiochus, — 32 — « fondit à l'improviste sur

33. — Et accepit spolia civitatis ; et succendit eam igni, et destruxit domos ejus et muros ejus in circuitu.

. . . . . . . . . . . . . . . . .

39. — Et effuderunt sanguinem innocentem per circuitum sanctificationis, et contaminaverunt sanctificationem.

## P

On croit que ces généreux enfants furent martyrisés avec leur mère à Antioche. Cette ville honore leur mémoire (1). Ils souffrirent d'horribles tourments, plutôt que de manger, contre la défense de la Loi, de la chair de porc.

On leur coupa la langue, les pieds et les mains ; on leur arracha la peau de la tête ; on les fit rôtir tout vivants sur des grils ou dans des chaudières d'airain.

Les paroles qu'ils prononcèrent au milieu des supplices sont trop belles pour n'être pas rapportées.

II Mach., VII (2) :

2. — Unus autem ex illis, qui erat primus, sic ait : Quid quæris et

la ville et la remplit de carnage ; il passa au fil de l'épée une multitude de peuple.

33. — Il fit main basse sur les richesses de la cité, et il la livra aux flammes. Il détruisit les maisons et les remparts de Jérusalem...

39. — On répandit le sang innocent autour du lieu saint ; le sanctuaire fut souillé...

(1) Saint Augustin, *Serm.* 109.

(2) 2. — L'un d'eux, l'aîné, dit : « Que cherches-tu et que veux-tu apprendre de nous ? Nous mourrons plutôt que de violer les lois de notre patrie et de notre Dieu. »

5. — Ses frères s'encourageaient l'un l'autre à mourir sans faiblesse,

6. — Disant : « Le Seigneur Dieu ne détournera pas ses regards de la vé-

quid vis discere a nobis? Parati sumus mori, magis quam patrias Dei
leges prævaricari...

5. — ... Cæteri una cum matre invicem se hortabantur mori fortiter,

6. — Dicentes : Dominus Deus aspiciet veritatem et consolabitur in


» rité ; il sera consolé en nous, comme l'a déclaré Moïse dans son cantique :
» *Il sera consolé dans ses serviteurs...* »

8. — Le seond dit : « Je n'obéirai pas ! » et sur le point de rendre l'âme,
il ajouta : « Scélérat, tu nous ravis la vie présente ; mais le Roi du monde,
« si nous mourons pour sa loi, nous ressuscitera pour la vie éternelle. »

11. — Et le troisième dit avec confiance : « Ces membres, je les tiens du
» Ciel, mais par amour pour les lois de Dieu, je les méprise ; j'espère que Dieu
» me les rendra un jour... »

12. — Et le quatrième, qui touchait déjà à la mort, parla ainsi : « Il vaut
» mieux être tué par les hommes et placer son espérance en Dieu qui nous
» ressuscitera. Mais toi, tu ne ressusciteras pas à la vie. »

16. — Le cinquième : « Vase de corruption, tu as reçu le pouvoir parmi les
» hommes ; tu fais ce que tu veux. Mais n'aille pas croire que notre race soit
» abandonnée de Dieu ;

17. — » Attends un peu ; tu verras se manifester sa puissance, et comment
» il va te torturer, toi et les tiens. »

18. — Le sixième, à moitié mort, dit : « En vain tu te trompes toi-même ; si
» nous souffrons ainsi, c'est que nous l'avons mérité, ayant péché contre no-
» tre Dieu...

19 — » Mais ne t'imagine pas que tes folles entreprises contre Dieu reste-
» ront impunies. »

20. — Leur mère cependant, plus admirable qu'on ne saurait le dire, voyant
ses sept fils périr en un seul jour, supportait leur mort avec une sainte allégresse ;

21. — Et mêlant à la tendresse de la femme un mâle courage,

22. — Elle leur dit : « Je ne sais comment vous fûtes formés dans mon sein.
» Ce n'est pas moi qui vous donnai l'esprit, l'âme et la vie ; ce n'est pas moi
» qui harmonisai les membres de vos corps ;

23. — » C'est le Créateur du monde qui forma l'homme dans sa naissance,
» et sa miséricorde vous rendra l'esprit et la vie, si vous vous méprisez
» vous-mêmes maintenant pour son amour. »

nobis, quemadmodum in protestatione cantici declaravit Moyses : Et in servis suis consolabitur...

8. — At ille (secundus)... dixit : Non faciam...

9. — Et in ultimo spiritu constitutus, sic ait : Tu quidem scelestissime in præsenti vita nos perdis : sed Rex mundi defunctos nos pro suis legibus in æternæ vitæ resurrectione suscitabit.

11. — Et (tertius) cum fiducia ait : E cœlo ista possideo, sed propter Dei leges nunc hæc ipsa despicio, quoniam ab ipso me ea recepturum spero.

14. — Et (quartus) cum jam esset ad mortem, sic ait : Potius est ab hominibus morti datos spem expectare a Deo, iterum ab ipso resuscitandos : tibi enim resurrectio ad vitam non erit.

. . . . . . . . . . . . . . . . . . . . . .

(Quintus) 16. — Potestatem inter homines habens, cum sis corruptibilis, facis quod vis : noli autem putare genus nostrum a Deo esse derelictum ;

17. — Tu autem patienter sustine, et videbis magnam potestatem ipsius, qualiter te et semen tuum torquebit.

18. — ... Sextus, mori incipiens, sic ait : Noli frustra errare : nos enim propter nosmetipsos hæc patimur, peccantes in Deum nostrum...

19. — Tu autem ne existimes tibi impune futurum, quod contra Deum pugnare tentaveris.

20. — Supra modum autem mater mirabilis... quæ pereuntes septem filios sub unius diei tempore conspiciens, bono animo ferebat...

21. — ... Et femineæ cogitationi masculinum animum inserens,

22. — Dixit ad eos : Nescio qualiter in utero meo apparuistis : neque enim ego spiritum et animam donavi vobis et vitam, et singulorum membra non ego ipsa compegi :

23. — Sed enim mundi Creator, qui formavit hominis nativitatem... et spiritum vobis iterum cum misericordia reddet et vitam, sicut nunc vosmetipsos despicitis propter leges ejus...

— Les autres paroles de cette mère magnanime et celles de son plus jeune fils se trouvent à la note suivante.

## Q

Antiochus a recours à la flatterie et aux plus brillantes promesses pour séduire Azaël.

II Mach., VII (1) :

24. — Antiochus autem... cum adhuc adolescentior superesset, non solum verbis hortabatur, sed et cum juramento affirmabat se divitem et beatum facturum, et translatum a patriis legibus amicum habiturum...

(1) 24. — Le plus jeune des sept frères restant encore, Antiochus l'exhortait à abandonner les lois de ses pères et promettait avec serment de le rendre riche et heureux et de l'avoir pour ami.

25. — Ces promesses n'ébranlent pas l'adolescent. Le roi appelle alors la mère et la presse de sauver son fils.

26. — « Soit! » dit celle-ci,

27. — Et penchée sur son enfant, elle se moque du cruel tyran et dit dans la langue de sa patrie : « Mon fils, aie pitié de moi, qui t'ai porté neuf mois » dans mon sein et qui t'ai nourri trois ans de mon lait...

28. — » Regarde, enfant, le Ciel...

29. — » Ne crains pas ce bourreau ; sois digne du sort de tes frères ; accepte » la mort comme eux, afin que je te reçoive de nouveau avec eux dans la » divine miséricorde. »

30. — Elle parlait encore ; mais l'adolescent : « Qu'attend-on ? dit-il. Je n'o- » béis pas au roi, mais à la loi qui nous a été donnée par Moïse.

31. — » Quant à toi, auteur de tous les maux dont on accable les Hébreux, » tu n'éviteras pas la main de Dieu.

36. — » Mes frères, après avoir supporté un peu de douleur, jouissent main- » tenant de l'alliance de la vie éternelle ; mais toi, au jugement de Dieu, tu » recevras les justes châtiments de ton orgueil.

38. — » Par ma mort et celle de mes frères s'apaisera la colère du Tout- » Puissant, que notre peuple avait justement méritée... »

40. — Il mourut ainsi dans son innocence et plein de confiance en Dieu.

41. — La mère fut mise à mort la dernière, après tous ses enfants.

25. — Sed ad hæc cum adolescens nequaquam inclinaretur, vocavit rex matrem et suadebat ei ut adolescenti fieret in salutem.

26. — ... Promisit suasurum se filio suo.

27. — Itaque inclinata ad illum, irridens cruelem tyrannum, ait patriâ voce : Fili mi, miserere mei, quæ te in utero novem mensibus portavi, et lac triennio dedi et alui...

28. — Peto, nate, ut adspicias ad cœlum...

29. — ... Non timeas carnificem istum; sed dignus fratribus tuis effectus particeps, suscipe mortem, ut in illa miseratione cum fratribus tuis te recipiam.

30. — Cum hæc illa adhuc diceret, ait adolescens : Quem sustinetis : non obedio præcepto regis, sed præcepto legis quæ data est nobis per Moysen.

31. — Tu vero qui inventor omnis malitiæ factus es in Hebræos, non effugies manum Dei.

. . . . . . . . . . . . . . . . . . . . . . .

36. — Nam fratres mei, modico nunc dolore sustentato, sub testamento æternæ vitæ effecti sunt : tu vero judicio Dei justas superbiæ tuæ pœnas exsolves.

. . . . . . . . . . . . . . . . . . . . . . .

38. — In me vero et in fratribus meis desinet Omnipotentis ira, quæ super omne genus nostrum juste superducta est.

. . . . . . . . . . . . . . . . . . . . . . .

40. — Et hic itaque mundus obiit, per omnia in Domino confidens.

41. — Novissime autem post filios et mater consumpta est.

R

I. Mach., II (1) :

7. — Et dixit Mathathias : Væ mihi, ut quid natus sum videre con-

---

(1) 7. — Et Mathathias s'écria : « Malheur à moi ! Ne suis-je donc né que pour voir l'oppression de mon peuple et la désolation de la ville sainte?

tritionem populi mei, et contritionem civitatis sanctæ, et sedere illic, cum datur in manus inimicorum ?

8. — Sancta in manu extraneorum facta sunt : templum ejus sicut homo ignobilis.

9. — Vasa gloriæ ejus captiva abducta sunt : trucidati sunt senes ejus in plateis et juvenes ejus ceciderunt in gladio inimicorum.

10. — Quæ gens non hæreditavit regnum ejus et non obtinuit spolia ejus ?

11. — Omnis compositio ejus ablata est. Quæ erat libera facta est ancilla.

12. — Et ecce sancta nostra, et pulchritudo nostra, et claritas nostra desolata est, et coinquinaverunt ea gentes.

13. — Quo ergo nobis adhuc vivere ?

## S

Le fils d'Onias III, en se faisant prêtre du nouveau temple d'Héliopolis, fut censé abandonner ses droits au souverain sacerdoce, à Jérusalem.

Et j'étais là, tranquillement assis, tandis que ma patrie gémissait sous les pieds de ses ennemis !...

8. — Son sanctuaire est livré aux étrangers, son temple est traité comme un homme infâme.

9. — Sa gloire a été emmenée captive ; ses vieillards ont été égorgés sur les places publiques ; le fer a moissonné ses jeunes gens.

10. — Quel peuple n'a pas hérité de sa puissance et ne s'est pas partagé ses dépouilles ?

11. — Tout son éclat lui a été ravi. Celle qui était libre est devenue esclave ;

12. — Celle qui était notre sainteté, notre beauté et notre clarté est dans la désolation ; les Gentils l'ont souillée.

13. — Pourquoi donc vivre encore ?..

Jason, son oncle, avait apostasié. Ménélaüs et Lysimaque ne furent que des intrus.

La série des grands-prêtres légitimes s'arrête donc à la mort d'Onias III.

Mais Dieu, qui n'abandonnait pas son peuple, suscita alors une nouvelle famille pour être la dépositaire de l'autorité judiciaire et sacerdotale.

Mathathias se lève (1); et, transporté du zèle de la Loi, comme ce Phinéés (2) de qui il descend (3), il prend en main le pouvoir suprême, du consentement des prêtres et du |peuple fidèle. C'était son droit, dit Cornelius : « Mathathias Phinees Pontificem vocat patrem suum; ergo ex Pontifice prognatus, cæteris deficientibus, jus succedendi habebat (4). »

T

Judas Machabée. — I Mach., iii (5) :

3. — Et dilatavit gloriam populo suo, et induit se loricam sicut gigas;

(1) I Mach., ii, 1.
(2) I Mach., ii, 26.
(3) I Mach., ii, 54.
(4) « Mathathias appelle le grand-prêtre Phinéés, son père; issu de ce Pontife, il avait donc le droit de lui succéder, tous autres héritiers manquant d'ailleurs. » (Corn. a lap. in I Mach., comment. II, 1.)
(5) 3. — Il dilata la gloire de son peuple; il se couvrit d'une cuirasse comme un géant; il se revêtit de ses armes dans les combats; il protégeait son camp de son épée :
4. — Semblable au lion dans ses œuvres, terrible comme le lionceau qui rugit à l'aspect d'une proie;
5. — Il harcela les méchants et il livra aux flammes les séducteurs de son peuple.
6. — ... Il portait le salut dans sa main.
7. — Il humiliait les rois; il réjouissait Jacob par ses œuvres...
8. — ... Il anéantit les impies...
9. — Et son nom parvint aux extrémités de la terre.

et succinxit se arma bellica sua in præliis, et protegebat castra gladio suo.

4. — Similis factus est leoni in operibus suis, et sicut catulus leonis rugiens in venatione.

5. — Et persecutus est iniquos perscrutans eos : et qui conturbabant populum, eos succendit flammis.

6. — ... Et directa est salus in manu ejus.

7. — Et exacerbabat reges multos, et lætificabat Jacob in operibus suis.

8. — ... Et perdidit impios...

9. — Et nominatus est usque ad novissimum terræ.


## U


L'officier qui vint à Modin de la part du roi pour obliger Mathathias et ses fils à sacrifier aux idoles est nommé par Josephe, tantôt Apelle (1), tantôt Bacchis (2).

Cet officier ne fait ici qu'un seul et même personnage avec ce Juif de Modin qui s'avança le premier pour obéir aux ordres d'Antiochus (3).

Cornélius dit que Mathathias, quand il immola le prévaricateur, était mû par une inspiration divine, *instigante Domino*. Il apparut dès lors comme vengeur et juge de son peuple. Par cet acte de courage, il inaugura et consacra son pontificat suprême (4).

Il faut lire dans la sainte Écriture cette noble résistance de Mathathias aux ordres iniques d'Antiochus.

I Mach., II (5) :

17. — ... Qui missi erant ab Antiocho, dixerunt Mathathiæ : Prin-

(1) *Antiq.*, l. 12, 8.
(2) *De Bello*, l. I, 1.
(3) I Mach., II, 23.
(4) Corn. à lap. in I Mach., comment., II, 25.
(5) 17. — Les envoyés d'Antiochus dirent à Mathathias : « Tu es prince, tu

ceps et clarissimus et magnus es in hâc civitate et ornatus filiis et fratribus ;

18. — Ergo accede prior et fac jussum regis sicut fecerunt omnes
gentes et viri Juda... et eris tu, et filii tui, inter amicos regis...

19. — Et respondit Mathathias et dixit magna voce : Et si omnes
gentes regi Antiocho obediunt...

20. — Ego, et filii mei, et fratres mei, obediemus legi patrum nos-
trorum.

. . . . . . . . . . . . . . . . . . . . .

23. — Et ut cessavit loqui verba hæc, accessit quidam Judæus in
omnium oculis sacrificare idolis super aram in civitate Modin, secundum jussum regis.

24. — Et vidit Mathatias et doluit, et contremuerunt renes ejus et

» es très illustre et grand dans cette cité, glorieusement environné de fils et
» de frères,

18. — » Approche donc le premier et accomplis l'ordre du roi, comme
» l'ont fait toutes les nations et les hommes de Juda... et toi et tes fils serez
» comptés au nombre des amis du roi. »

19. — Mathathias répondit à haute voix : « Quand même toutes les nations
obéiraient au roi Antiochus...

20. — Moi, mes fils et mes frères, nous n'obéirons qu'à la loi de nos pères...

23. — A peine eut-il achevé de parler qu'un Juif s'avança devant tout le
monde, pour sacrifier aux idoles, selon l'ordre du roi, sur l'autel qu'on venait
de dresser dans la ville de Modin.

24. — Mathathias, à cette vue, fut saisi de douleur ; ses entrailles frémirent ;
et transporté d'une ardente fureur, selon l'esprit de la Loi, il immola le prévaricateur sur l'autel même.

25. — Et se jetant sur l'officier que le roi Antiochus avait envoyé pour
forcer les Juifs à sacrifier, il le tua dans le même temps, et renversa l'autel.

26. — Il eut pour la Loi le même zèle que Phinéés quand celui-ci tua
Zamri, fils de Solomi.

27. — Et Mathathias cria à haute voix dans la ville : « Quiconque est zélé
» pour la Loi et reste ferme dans l'alliance du Seigneur, me suive !...

accensus est furor ejus secundum judicium legis, et insiliens trucidavit eum super aram :

25. — Sed et virum, quem rex Antiochus miserat, qui cogebat immolare occidit in ipso tempore, et aram destruxit.

26. — Et zelatus est legem, sicut fecit Phinees Zamri filio Solomi.

27. — Et exclamavit Mathathias voce magna in civitate, dicens : Omnis, qui zelum habet legis, statuens testamentum, exeat post me.

**FIN DES NOTES.**

Bordeaux, imp. générale d'É. CRUGY, rue et hôtel St-Siméon, 16

# FERET & FILS, LIBRAIRES-ÉDITEURS

15, cours de l'Intendance, 15.

---

CARTE DU DÉPARTEMENT DE LA GIRONDE, à l'échelle de $\frac{1}{10000}$, publiée par l'Administration départementale, suivant les décisions du Conseil général de la Gironde. *Bel atlas de 22 feuilles colombier, gravé sur pierre* par la Maison *Ehrard*, de Paris, et tiré à 4 teintes. Prix de l'Atlas entier ............ . .......................F.   50   »
*Publié en 10 séries de 2 ou 3 cartes.* Chaque série, pour les souscripteurs ................................................................   5   »

HISTOIRE DE LA TERREUR A BORDEAUX, par Aurélien Vivie, président de la *Société des Archives historiques de la Gironde.* 2 vol. in-8º, imprimés en caractères elzéviriens................... ...........   15   »
*100 exemplaires* numérotés, tirés sur papier de Hollande. ........   30   »

VARIÉTÉS BORDELAISES (*réimpression*) ou essai historique et critique sur la topographie ancienne et moderne du diocèse de Bordeaux, par l'abbé Baurein, édition de luxe accompagnée d'une préface sur la vie et les œuvres de l'abbé Baurein, par M. G. Méran, et d'une table générale alphabétique et détaillée, par M. le marquis de Castelnau d'Essenault. 3 beaux volumes in-8º ...... ...........   22 50
150 exemplaires numérotés, tirés sur papier de Hollande, au prix de............ ..... ................................ .................................   45   »

RECHERCHES SUR LA VILLE DE BORDEAUX, par l'abbé Baurein, œuvres inédites formant le 4ᵉ volume des *Variétés Bordelaises.* In-8º, 436 pages................................................   7 50
Sur papier de Hollande, les 4 vol. ..................................   60   »

RECUEIL D'ÉLOGES, par M. l'abbé Gaussens, archiprêtre, curé de Saint-Seurin de Bordeaux, membre de l'Académie de Bordeaux, 2 vol. in-18 jésus ........................................   6   »

VARIÉTÉS GIRONDINES ou essai historique et archéologique sur la partie du diocèse de Bazas renfermée entre la Garonne et la Dordogne, par M. Léo Drouyn, membre de l'Académie de Bordeaux, publié en 8 fascicules in-8º illustrés. Chaque fascicule............   6   »
Ce prix est réduit à 5 fr. pour les souscripteurs à l'ouvrage entier.
Les deux premiers fascicules sont en vente.

UN MARTYR BORDELAIS SOUS LA TERREUR, vie et mort du R. P. Pannetier, grand carme du couvent de Bordeaux, par M. Ch. Chauliac. 1 beau volume in-8º orné de 2 portraits.   6   »